韓国文学ノート

申明直・張世眞・権昶奎　著
浦川登久恵・野口なごみ　訳

白帝社

はじめに

外国文学としての韓国文学は馴染みが薄いと思う。特にいわゆる‘韓流文学’の一環として韓国文学に接近した場合、1990年代以前の韓国文学というのは、より親しむ機会が少ないであろう。植民地時期の韓国文学もそうであるが、1945年以後の韓国文学もやはり、多くの作品の中に激変の韓国史を投影させている。それゆえ、現在の韓国社会とは全く違う別の韓国の顔と作品の中で会うことになるであろう。しかしそのような見知らぬ顔との出会いにこそ外国文学と接する真の楽しみがあるのではなかろうか。

この本では、そのような韓国文学に込められている大きな揺らぎの軌跡を探り、各章別にこれをまとめてみた。最初の第１章では古典文学を、２章から４章までは植民地時期の韓国文学を、そして５章から８章までは解放以後の韓国文学を扱った。古典文学の比重が絶対的に不足しているが、これは読者が近現代文学により多くの関心を持つだろうと判断したことにもよるが、執筆者全員が近現代文学専攻者であるためという事情も大きい。

古典文学と1910年代、1980年代は申明直が、1920年代と30・40年代は権䄷奎が、1950・60年代と70年代、そして1990年代以後の文学は張世眞が執筆し、翻訳は浦川登久恵、野口なごみが担当した。初めて日本語に訳す作品も多くあり、翻訳作業はなかなか思うように進まなかった。各時期別の作品解説は、引用した作品を中心にして関連作品もあわせて考察する形式をとったが、韓日対訳を参考にしながら各時期別の解説と脚注の参考文献を合わせて読み進まれることをお勧めしたい。

最後にこの本の執筆は韓国国際交流財団（The Korea Foundation）の支援作業としてなされたことをここに明らかにしておく。韓国国際交流財団の関係者すべての方と、こころよく出版を引き受けてくださった白帝社の伊佐順子氏に厚く感謝の意をささげたい。

2008年10月

執筆者を代表して　　申明直

目次

第1章

「カシリ」から「春香伝」までの韓国口伝文学

1. カシリ(가시리)：「高麗俗謠」

가시리 가시리잇고 나ᄂᆞᆫ
ᄇᆞ리고 가시리잇고 나ᄂᆞᆫ
위 증즐가　大平聖代

날러는 엇디 살라ᄒᆞ고
ᄇᆞ리고 가시리잇고 나ᄂᆞᆫ
위 증즐가　大平聖代

잡ᄉᆞ와 두어리마ᄂᆞᆫ
선ᄒᆞ면 아니올셰라
위 증즐가　大平聖代

셜온 님 보내ᄋᆞᆸ노니 나ᄂᆞᆫ
가시ᄂᆞᆫᄃᆞᆺ 도셔 오쇼셔 나ᄂᆞᆫ
위 증즐가　大平聖代

(정경섭 편, 『고전문학의 이해와 감상(1)』, 문원각, 2003)

お行きになるの　お行きになるのですか　ナナン
捨てて　お行きになるのですか　ナナン
ウィ　ジュンジュルカ　太平聖代

私に　いかに生きろといって
捨てて　お行きになるのですか　ナナン
ウィ　ジュンジュルカ　太平聖代

ひきとめ　ひきとめおきたいけれど　ナナン
わずらわすなら　戻ってこないでしょう
ウィ　ジュンジュルカ　太平聖代

せつないあなたを　お送りしますから　ナナン
行くが如く　早くお戻りください　ナナン
ウィ　ジュンジュルカ　太平聖代

（注：原文では「大平」と表記してある）

（訳：野口なごみ）

2. 密陽アリラン(밀양 아리랑)：「民謡」

날 좀 보소 날 좀 보소 날 좀 보소
동지 섣달 꽃 본 듯이 날 좀 보소
아리아리랑 쓰리쓰리랑 아라리가 났네
아리랑 고개로 넘어간다

정든 임이 오시는데 인사를 못해
행주 치마 입에 물고 입만 벙긋
아리아리랑 쓰리쓰리랑 아라리가 났네
아리랑 고개로 넘어간다

울 너머 총각의 각피리 소리
물 긷는 처녀의 한숨 소리
아리 아리랑 쓰리쓰리랑 아라리가 났네
아리랑 고개로 넘어간다

늬가 잘나 내가 잘나 그 누가 잘나
구리 백통 지전이라야 일색이지
아리아리랑 쓰리쓰리랑 아라리가 났네
아리랑 고개로 넘어간다

(『디딤돌문학(하)』, 디딤돌 출판, 2006)

わたしを見て　わたしを見て　わたしを見て
冬至十二月　花を見るごと　わたしを見て
アリアリラン　スリスリラン　アラリガ　ナンネ
アリラン峠を　越えていく

いとしいあなたが　おいでなのに　あいさつもできず
まえかけ口にくわえ　口の端でにっこり
アリアリラン　スリスリラン　アラリガ　ナンネ
アリラン峠を　越えていく

垣根のむこう　若者の角ぶえの音
水汲む乙女のため息
アリアリラン　スリスリラン　アラリガ　ナンネ
アリラン峠を　越えていく

そなたが上か　わたしが上か　誰が上か
銅銭　白銅銭　紙銭こそ　一番
アリアリラン　スリスリラン　アラリガ　ナンネ
アリラン峠を越えていく

（訳：野口なごみ）

3. 春香伝(춘향전) :「古代小説」

「여봐라 사령들아! 너의 원님전에 여쭈어라! 먼 데 있는 걸인이 좋은 잔치에 당하였으니 술 안주 얻어먹자고 여쭈어라!」

저 사령 거동보소.

「어느 양반이간디? 우리 안전님 걸인 혼금하니, 그런 말은 내도 마오!」

등 밀려내니 어찌 아니 명관(名官)인가. 운봉이 그 거동을 보고 본관에게 청하는 말이,

「저 걸인이 의관은 남루하나 양반의 후손인 듯하니 말석에 앉히고 술잔이나 먹여 보냄이 어떠하뇨?」

본관 하는 말이,

「운봉 소견대로 하오마는.」

하니「마는」소리 뒷입맛이 사납겠다. 어사 속으로,

「오냐! 도적질은 내가 하마. 오랏줄은 네가 져라!」

운봉이 분부하여,

「저 양반 듭시래라!」

어사또 들어가 단정히 앉아 좌우를 살펴보니, 당상(堂上)의 모든 수령 다담상을 앞에 놓고 진양조가 넓게 퍼질 때, 어사또 상(床)을 보니 어찌 아니 통분하랴. 모 떨어진 개상판에 닥채젓가락, 콩나물, 깍두기, 막걸리 한 사발 놓았구나! 상을 발길로 탁 차 던지며, 운봉의 갈비를 직신,

「これ、使令ども。郡守様に申し上げろ。遠来の乞食が盛大な宴に出会い、酒と肴をもらいたいと申し上げろ。」

使令どもは、と見ると、

「どこの両班か。うちのご主人様は乞食はご法度だというに、そんなことは口にも出さないように。」

と押し出すと、どうして名官がいないことがあろう。雲峰がその様子を見て使令に願い出た。

「あの乞食の衣冠は襤褸であるが両班の後裔のようだ。末席に座らせ酒でもあげたらどうであろう。」

本官が言うに、

「雲峰のお考えどおりに致しましょう、しかしですね。」

と言ったが、「しかしですね」という口調は歯切れが悪かった。御史はひそかに、

「ようし、そういう了見なら思い知らせてやろうか。お縄を頂戴するのはお前だ。」

雲峰が命じた。

「あの両班を案内せよ。」

御史が入っていき正座して左右を見回すと、堂上のすべての守令には大きな膳が置かれ、山海の珍味が膳いっぱい並べられていたが、御史の膳はと見ると、どうして怒らずにおれよう。角の欠けた粗末な膳に不揃いの箸、もやしのナムル、カクテギ、マッコリ一杯置かれているだけとは。御史は膳を足で蹴り上げ、雲峰のカルビをぎゅっとつかみ、

「갈비 한 대 먹고지고!」

「다라도 잡수시요!」

하고 운봉이 하는 말이,

「이러한 잔치에 풍류로만 놀아서는 맛이 적사오니, 차운(次韻) 한 수씩 하여보면 어떠하오?」

「그 말이 옳다.」

하니, 운봉이 운을 낼 제, 높을「고(高)」자, 기름「고(膏)」자, 두 자를 내어놓고 차례로 운을 달 제, 어사또 하는 말이,

「걸인도 어려서 추구권이나 읽었더니, 좋은 잔치 당하여서 술과 안주를 포식하고 그저 가기 염치 없으니 차운 한 수 하사이다.」

운봉이 반겨 듣고 필연(筆硯)을 내어주니, 좌중이 다 못하여 글 두 귀를 지었으되, 민정(民情)을 생각하고 본관 정체(政體)를 생각하여 지었것다.

「금준미주(金樽美酒)는 천인혈(千人血)이요, 옥반가효(玉盤佳肴)는 만성고(萬姓膏)라, 촉루낙시(燭落落時) 민루락(民涙落)이요, 가성고처(歌聲高處) 원성고(怨聲高)라」

이 글 뜻은「금동이의 아름다운 술은 일만 백성의 피요, 옥소반의 아름다운 안주는 일만 백성의 기름이라. 촛불 눈물 떨어질 때 백성의 눈물 떨어지고, 노래소리 높은 곳에 원망소리 높았더라!」

이렇듯이 지었으되 본관(本官)은 몰라보고 운봉이 글을 보며 속 마음에,

「아뿔싸, 일이 났다!」

「そのカルビを一切れよこせ。」

「全部お食べください。」

と雲峰が言い、そして

「このような宴に歌舞管絃だけで遊ぶのはつまらないので、次韻詩を一首ずつ詠むのはいかがでしょう。」

「それはいい。」

と皆が言い、雲峰が韻を決めた。「たかい」の高、「あぶら」の膏の二字を取り上げ順に韻を踏んでいたが、御史も言った。

「わたくしめも、幼いとき推句巻などを読んだことがあります。このようなすばらしい宴に参加させてもらい、酒肴をたらふく食べてそのまま帰るのは恥知らずというものです。一首おつくりしましょう。」

雲峰がうれしく思い筆硯を出してやると、座の者はまだ完成出来ず詩句をひねっている間に、御史は民情を考え、本官の政体を考え詠みあげたのだった。

「金樽の美酒は　千人の血、玉盤の佳肴は　万姓の膏。燭涙落つる時　民の涙落ち、歌声高き処　怨声高し。」

この詩の意味は〈金の樽のおいしい美酒は千の民衆の血であり、玉でできた膳の佳肴は万の民衆の膏《あぶら》である。ロウソクの滴が落ちるときは民衆の涙が落ち、歌声が高いところには怨みの声が高い。〉

このように作ったが、本官は気づきもせず、雲峰はその詩を見てひそかに、

「しまった。大変だ。」

이 때, 어사또 하직하고 간 연후에 공형(公兄) 불러 분부하되,

「야야, 일이 났다!」

공방 불러 보전 단속, 병방 불러 역마 단속, 관청색(官廳色) 불러 다담(茶啖) 단속, 옥형리 불러 죄인 단속, 집사 불러 형구(形具) 단속, 형방 불러 문부(文簿) 단속, 사령 불러 합번 단속. 한참 이리 요란할 때, 물색없는 저 본관이,

「여보 운봉은 어디를 다니시오?」

「소피하고 들어오오.」

본관이 분부하되,

「춘향을 급히 올리라!」

고 주광(酒狂)이 난다.

이 때에 어사또 군호(軍號)할 제, 서리 보고 눈을 주니 서리 중방 거동 보소. 역졸 불러 단속할 제, 이리 가며 쑤군, 저리 가며 쑤군 쑤군. 서리 역졸 거동 보소. 외올 망건, 공단 싸개, 새 평립(平笠) 눌러 쓰고, 석 자 감발 새 짚신에 한삼 고의(袴衣) 산뜻 입고, 육모 방치 녹피(鹿皮) 끈을 손목에 걸어 쥐고, 예서 번듯 제서 번듯, 남원읍이 우꾼우꾼, 청파역졸(青坡驛卒) 거동 보소. 달같은 마패(馬牌)를 햇빛같이 번듯 들어,

「암행어사(暗行御史) 출도야!」

외치는 소리 강산이 무너지고 천지가 뒤눕는 듯, 초목금수(草木禽獸)인들 아니 떨랴.

남문에서, 「출도야!」

御史が席を辞して去った後すぐに時を移さず公兄に命じた。

「やっ、大変だ。」

工房を呼び祝宴全般の取り締まり、兵房を呼んで駅馬の取り締まり、妓生を呼んで茶菓の取り締まり、獄刑吏を呼んで罪人の取り締まり、執事を呼んで形具の取り締まり、刑房を呼んで文簿の取り締まり、使令を呼んで宿直番の取り締まり、ひとしきりこのように騒動していると、まだわけのわからないあの本官が、

「もし、雲峰はどちらにおいでかな。」

「用を足しに行きます。」

本官が命じる。

「春香を早くつれて来い。」

と狂態を見せる。

このとき、御史が暗号を発し、胥吏はそれを見て合図すると、胥吏中房の様をごらんあれ。駅卒を呼んで取り締まる。あっちでこそこそこっちでこそこそ。胥吏駅卒の様をごらんあれ。麻糸の網巾、貢緞を張った笠、新品の平笠を深くかぶり、三尺の脚絆、下ろしたての草鞋に汗衫付きの袴衣をこざっぱりと、六角の棒、鹿皮の紐を手首に握り、そこにひょっこりここにひょっこり、南原の町がどよめき騒ぐ。青坡駅卒の様をごらんあれ。月のような馬牌を太陽の光のようにまっすぐに掲げ、

「暗行御史、出道。」

と叫ぶ声は江山が崩れんばかり、天地がひっくり返るよう、草木禽獣も震えんばかり。

南門で、「出道。」

북문에서, 「출도(出道)야!」

동서문 출도 소리 맑은 하늘에 진동하고,

「공형(公兄) 들라!」 외치는 소리, 육방이 넋을 잃어,

「공형(公兄)이요.」 등채로 휘닥딱. 「애고, 죽는다!」

「공방(工房), 공방!」

공방이 포진(鋪陳) 들고 들어오며,

「안 하려는 공방을 하라더니 저 불 속에 어찌 들랴!」

등채로 휘닥딱. 「애고, 박 터졌네!」

(설성경 역주, 『춘향전』, 고대민족문화연구소, 1995, 203-207)

北門で、「出道。」

東西の門で出道の声が澄んだ天に鳴り響く。

「公兄は入れ。」と叫ぶ声、六房色を失い、

「公兄です。」鞭がパシッ。「アイゴ、死んじまう。」

「工房、工房。」

工房が敷物を持って入って来ながら、

「嫌だといった工房をさせといて、遂にはこんな火の中に入いることになるとはなんたるこっちゃ。」

鞭がパシッ。「アイゴ、頭が割れる。」

（訳：野口なごみ）

◙韓国古典文学作品の解説◙

「カシリ」から「春香伝」までの韓国口伝文学

韓国の古典文学は時代別には、上古時代文学・三国時代文学・高麗時代文学・朝鮮時代文学に分けられる。ここではハングルで書かれた作品、特にハングルで記録された庶民たちの積層文学のなかで、庶民たちに長い間愛されてきた作品を中心に見てみることにする。

まず高麗時代の文学である「カシリ」であるが、「カシリ」は高麗時代の庶民文学として広く知られ、しばしば韓国の伝統的情緒と称されている「離別」、あるいは「離別の恨」がそのテーマになっているとみなされている。高麗時代の庶民の間で歌われていたこれら高麗俗謡は、朝鮮時代に入りハングルが作られた後、『楽章歌詞』とか『時用郷楽譜』のような楽譜に採録され、宮中音楽として使用されたが、「カシリ」もそのような作品の中の一つに属する。

「高麗俗謡」と呼ばれているこれらの詩歌は、庶民のあいだに歌われていたものであり、赤裸々な愛情風俗が込められている作品も多く、したがって当時はこれを「男女相悦之詞」とも言った。最初の連の“お行きになるの　お行きになるのですか　ナナン”ではじまる場面は、「お行きになるのですか」という平凡な内容に過ぎないが、これを処理しているリズム感は非常に印象的である。最後の四連では、“せつないあなたを　お送りしますから”のように離別を観念することはしたが、“行くが如く　早くお戻りください”のように再び戻ってくる事を直截的に歌っており、「平民文学」らしい面貌を見せている。

これら高麗俗謡には、各連の終り毎に「リフレイン」をくり返すが、リフレインのなかで最も広く知られているのは、同じ高麗俗謡「青山別曲」の“ヤルリヤルリ　ヤルランション　ヤルラリヤルラ”というリフレインである。特別な意味があるわけではないが、リズムが軽快で音が面白く、このリフレインを「カシリ」の歌詞に付け加えた歌がつい最近まで大衆歌謡として歌われている。[1)]

次に、慶尚南道密陽を中心に歌われてきた民謡「アリラン」を見ることにしよう。「アリラン」は高麗俗謡と同じく、長い期間、特に19世紀以後庶民の間で歌われてきたものを記録したものであり、韓国では江原道「旌善」と全羅南道の「珍島」、京畿道と江原道などほとんど全国各地で歌われている。日本にも紹介され人気があった映画『風の丘を越えて(韓国語原題:西便制)』で歌われている「アリラン」は、「密陽アリラン」でなく「珍道アリラン」である。「密陽アリラン」が慶尚道の民謡らしく力強く快活なのに対して、「珍道アリラン」は悲しい中にも、もの柔らかさを感じさせる。

歌詞とリズムは少しずつ違うが、各連の最後に“アリアリラン　スリスリラン　アラリガナンネ”と類似のリフレインを置いているという点では、すべての「アリラン」が一致する。このリフレインを子供たちに指導している場面が映画『風の丘を越えて』に出てくるが、男の子がこのリフレインの最後の部分を正しく歌うことができず、ひどい目にあったりもする。特に「珍道アリラン」を歌う場合、民謡特有の「こぶし」風な節まわしがあり、そんなに容易く歌えるものではない。

強い語調の「密陽アリラン」は、最初から“わたしを見て　わたしを見て”と、直接的に相手に呼びかけることに躊躇しない。三連では、“垣根のむこう　若者の角笛の音”あるいは“水汲む乙女のため息”のように相手を恋慕する気持が紹介されているが、四連では“銅銭　白銅銭　紙銭こそ一番”と、拝金主義的一面を見せもする。これは「アリラン」が持っている積層性、即興性とも無関係でない。リフレインを除外した各連の前半の部分

1)「カシリ」は1977年第一回大学歌謡祭で受賞した「イ・ミョンウン(이명우)」をはじめとして、三人組フォークグループ「自転車に乗った風景」(2003年)により、最近はボーカルグループ「SGウォナビ(워너비)」(2007年)によってそれぞれ歌謡化された。

は、一人の人が歌い続けるのでなく、一座のものが順繰りに即興的に創作して歌う場合が多かったゆえに、各連の関連性は相対的に低下するしかない。

「アリラン」は開化期に入り現実風刺的であると同時に、民族的抵抗を込めた民謡に変わっていった。“李氏の四寸(四等親)にならず　閔氏の八寸(八等親)になるがいい”といい、朝鮮朝後期の明成皇后閔氏一家の権勢を批判もし、“アリラン峠に停車場作り　電車が来るのを待つだけ”と、現実と遊離した開化を批判もした。このような歌詞は韓国最初の映画『アリラン』の土台ともなった。[2)]

最後に、韓国古典文学の中で最も広く知られているパンソリ系小説『春香伝』を見ることにしよう。「パンソリ系」という修飾語が『春香伝』の前に付く理由は、パンソリ『春香歌』が小説『春香伝』の母胎である事を意味するもので、パンソリ『春香歌』は小説以外にも映画、唱劇、オペラなどとしても創作されている。最近日本にも紹介されたことのある林権澤監督の映画『春香伝』(2000年)[3)]を見ると、パンソリのリズムに合わせて映像が速くなったり遅くなったりしていることがわかり、舞台言語である『春香歌』が文字言語でない映像言語としても立派に復元されていることが見て取れる。

パンソリは現在全部で五編だけが残り、伝わっている。全盛期の時は、全部で十二編が存在していたと言われているが、朝鮮後期に申采浩がこ

2) 映画『アリラン』は1926年10月ナ・ウンギュ(나운규)によって映画化され、団成社から開封された。韓国最初の劇映画であり、ソウル、京畿地域の「本調アリラン」にナ・ウンギュが新しく歌詞をつけた「アリラン歌」も初公開した。

3) 最初の映画『春香伝』は、1923年に日本人早川孤舟が人気弁士と有名な妓生を俳優に立てて作った「無声映画」であった。以後、1935年には李明雨により有声映画が、50年代には李圭煥の『春香伝』(1955年)をはじめとして四編が、60年代と70年代にもそれぞれ三編と四編の『春香伝』が制作された。その中で一番有名なものは、申相玉監督の『成春香』(1961年)であり、78日間の長期興行に36万人という映画史上初めての観客動員をなしとげた。(イ・ファジン:이화진,『朝鮮映画—声の導入から親日映画まで』, チェクセサン, 2005年)

れらのパンソリを整理した当時には六編であったのが、現在は『春香歌』『沈清歌』『興夫歌』『水宮歌』『赤壁歌』など五編が残っているだけである。パンソリは唱い手と鼓手の二人が作り出す芸術ジャンルだということができる。唱い手は歌の部分である「唱」と、語り調の辞説である「アニリ(아니리)」を通して、必要に応じて「ノルムセ(너름새)」という身振りを使い、「パンソリ」の面白さを引き立てる。鼓手は太鼓を打って調子を合わせる役割をするが、時々「チュイムセ(추임새)」というかけ声を通して興を鼓舞したりもする。

小説『春香伝』は広く知られているように、南原郡守の息子李夢龍と、退妓月梅の娘春香とのラブストーリである。古代小説の文法がそうであるように、危機が存在するが、主人公たちはそのような危機を完全に克服して幸福な結末を迎える。『春香伝』も例外でなく、二人の愛を危機に陥らせたのは、李夢龍の父の南原郡守の栄転と、新しい南原郡守の赴任であるが、二人は危機を克服して幸福な再結合を成し遂げた。栄転に伴う「離別」と新しく赴任してきた郡守の「虐政」による危機構造を克服したのは、科挙及第による李夢龍の全羅道暗行御史出頭である。韓国の暗行御史は、日本の水戸黄門のように、朝鮮時代に虐政にふけっている官吏たちを懲らしめ、民生を調べるための王の直属の秘密査察特別官吏である。

ここに引用した内容もやはり、卞使道の誕生日の宴会に、乞食の身なりであらわれた暗行御史李夢龍の登場場面である。李夢龍は招待されてもいない卞使道の誕生日の宴会に参席して漢詩を一首作るのであるが、“金樽の美酒は　千人の血、玉盤の佳肴は　万姓の膏”と、庶民の生活を塗炭の苦しみに陥れた卞使道の虐政を責める。つづいて暗行御史出道。パンソリ『春香歌』は非常に速いテンポで、逃げまわり、先を争って隠れる貪官汚吏の狂態をコミカルに列挙している。

しかし李夢龍が卞使道を懲らしめるというところには、それだけではなくもっと別の由縁があるのだが、それは春香の貞節を奪おうという卞使道の不届きな横暴である。卞使道は“娘は母親の身分に従う”という当時の国法である「従母法」によって妓生の娘の春香をその身分相応に待遇しただけだ、という認識をもっているが[4]、李夢龍は国法より「人間の法道」が優先するという考えを持っている。『春香伝』を単純に「烈女」あるいは「女性の貞節」という封建的倫理を強調した作品としてではなく、「従母法」のような封建的秩序の枠を飛び越え、「身分」を超越した愛を描いた作品として解釈できる根拠だといえる。このように朝鮮後期のパンソリ系小説は、一方では封建秩序に符合する内容を含みながらも、当代秩序を飛び越える内容も共に含んでおり、このような理由によりパンソリ、あるいはパンソリ系小説は、貴族階層である両班と庶民階層が共に楽しめる作品になり得た。しかし小説『春香伝』とパンソリ『春香歌』が現在まで愛読、愛唱されてきたのは、そのような重層的テーマだからではないかも知れない。“二八(十六歳)、二八の二人が会って結んだ心　歳月の過ぎ行くことも知らぬようにみえ”というような部分からもわかるように、人々は青春の愛の戯れをみる興味から『春香伝』を夜を徹して読んだのかもしれない 。[5]

(申 明直)

---

4)『春香伝』は口伝説話がパンソリ小説を経て小説に定着する過程で多様な異本を生んだ。京板本と完板本をはじめとして、ほぼ120種余りに至る。両班たちが好んで読んだ「京板本」の春香は、前半部には妓生として、後半部では妓生でないものとして登場するが、「完板本」では、春香は妓生であるようなないような曖昧な身分で登場する。(厳基珠：엄기주,「多様な『春香伝』の世界」, 白水社ウェブ2, 2004.3.)

5) 小説『春香伝』が日本に初めて翻訳紹介されたのは、桃井野史(半井桃水)の『鶏林情話　春香伝』(朝日新聞、1882.6.25から連載)である。全23回連載されたが、「京板30張本」: 木版本が原本に最も近いという。韓国人との共訳でない日本人だけの翻訳としては、高橋亨の『春香伝』(1910：日韓書房, 1921：『朝鮮』に再録)がある。1930年代と1940年代前半には張赫宙などにより、戦後には李殷植(『新編春香伝』, 1948：極東出版社)と許南麒(『春香伝』、1956：岩波書店)などにより翻訳出刊された。(三枝壽勝,『韓国文学を味わう』, 国際交流基金アジアセンター, 1997年)

第2章

「近代小説」の誕生と「翻訳」された近代

李人稙(이인직, 1862〜1916)
号は菊初、京畿道利川生まれ。日本の東京の政治学校を修学した後、1906年に『萬歳報』の主筆になり新小説『血の涙』を連載した。1908年には劇場圓覺社を興し、自作新小説『銀世界』を上演するなど新劇運動をくりひろげた。韓国で初めて散文性が濃い言文一致の文章で「新小説」を開拓した。『血の涙』以外に彼の代表作として知られている『鬼の聲』、『雉岳山』、『牡丹峰』などがある。

趙重桓(조중환, 1863〜1944)
号は一齋。ソウル生まれ。『雙玉涙』、『長恨夢』など日本の作品を翻案・改作し、1913年から1914年にかけて『菊の香』、『斷腸祿』、『飛鳳潭』などの作品を『毎日申報』に連載し、開化期に多くの作品活動をした。演劇にも造詣が深く、尹白南(윤백남)とともに「文秀星」という劇団を創立した。1912年最初の戯曲である『病者三人』を『毎日申報』に連載した。

李光洙(이광수, 1892〜1950)
号は春園。1902年平安北道定州生まれ。幼くして孤児になった後、東学に入り書記になった時があり、日本の明治学院と早稲田大学哲学科で勉強した。1917年『無情』を『毎日申報』に連載し、1919年2・8独立宣言書(東京)を起草した後、上海に亡命した。この後『東亜日報』編集局長と『朝鮮日報』副社長を歴任し、『再生』、『土』など多くの作品を書いた。植民地末期には日本式名前「香山光郎」に創氏改名もした。

1. 長恨夢(장한몽)：日本『金色夜叉』の翻案小説

제8장 대동강 안

먼 산에 월색은 몽롱하고 피륙을 마전하여 고운 잔디밭에 널어놓은 것 같은 대동강(大同江) 흐르는 물은 적적히 잠들어 있는 것같이 잔잔(潺潺)한데 일엽편주로 고기 낚는 배는 이곳저곳에 흩어져 있어 완연히 해중(海中)에 있는 섬과 다름이 없다. 달 아래에 흐르는 물결은 금빛 같은 물결이 영롱히 비치는데 때때로 불어오는 바람은 이 세상에 애원을 기별하는 것 같다.
반공에 솟은 듯한 을밀대(乙密臺) 옆으로 한 줄거리 좁은 길이 소나무 사이로 양의 창자같이 얽혔는데 그 길로 좇아 영명사(永明寺)를 지나 부벽루(浮碧樓) 앞으로 내려오는 남녀 두 사람이 있으니 한 사람은 이수일(李守一)이요 또 한 사람은 심순애(沈順愛)러라.[1)]
(…중략…)

「이게 웬일이오, 여보. 글쎄, 별안간에 이게 웬일이야요. 저… 정…정신을 차리시오」

수일은 간신히 손을 들어 순애의 손을 잡는다. 순애는 눈물에 어린 수일의 얼굴을 들여다보며 수건을 내어 눈물을 씻겨 주고 있다.

「아-, 순애, 순애와 나와 이렇게 함께 있는 것도 오늘 저녁이 마지막이요 내가 순애더러 말하는 것도 오늘 저녁이 마지막이다. 오늘은 음력으로 삼월 열나흗날[2)]이니 순애가 자세히 기억하여 두어라. 후-, 내년 이달 이날 이 밤에는 이수일이가 어디서 이 달을 다시 볼는지. 후

尾崎紅葉『金色夜叉』

第８章

打霞《うちかす》みたる空ながら、月の色は匂滴《にほひこぼ》るるやうにして、微白《ほのじろ》き海は縹渺《ひょうびょう》として限を知らず、譬《たと》へば無邪気なる夢を敷けるに似たり。寄せては返す波の音も眠《ねむ》げに怠りて、吹来る風は人を酔はしめんとす。打連れて此浜辺を逍遥《しょうよう》せるは寛一と宮となりけり。[1)]

(中略)

「どうして、貫一《かんいち》さん、どうしたのよう!」

貫一は力無げに宮の手を執れり。宮《みや》は涙に汚れたる男の顔をいと懇《ねんごろ》に拭《ぬぐ》ひたり。

「吁《ああ》、宮さんかうして二人が一処に居るのも今夜ぎりだ。お前が僕の介抱をしてくれるのも今夜ぎり、僕がお前に物を言ふのも今夜ぎりだよ。一月の十七日、宮さん、善く覚えてお置き。来年の今月今夜は、貫一は何処《どこ》で此月を見るのだか! 再来年《さらいねん》の今月今夜

---

1)『金色夜叉』の舞台である熱海の海岸は『長恨夢』では、平壌の「浮碧楼(부벽루)」に変わっている。『金色夜叉』の「一月十七日」は「陰暦3月14日」に、「宮」は「沈順愛(심순애)」に、「貫一」は「李守一(이수일)」に変わった。以下は『長恨夢』の下線部の日本語訳。"遠くの山に、月明かりは朦朧と、布を晒して柔らかな芝生に広げたような大同江の流れは、ひっそりと眠っているようさらさらと流れ一葉片舟で漁りする舟は、ここそこに散らばり、まるで海中にある島である。月の下を流れる波は金色に玲瓏と輝き、時折吹き来る風は、この世の恨みを知らせるようである。/ 半空に突き出るような乙密台の横に一筋の細い道が松の木の間を羊の腸のように絡み合っていて、その道に沿って、永明寺を過ぎ、浮碧楼の前に降りて来た男女二人、一人は李守一であり、もう一人は沈順愛である。"

년 이달 이날… 십 년 후 이달 이날, 한평생 두고서 이달 이날은 내가 잊지 아니하려니와 죽더라도 내가 이날은 아니 잊어버릴 터이야. 응, 순애, 오늘이 삼월 열나흗날이야. 내년 삼월 십사일 저녁 이때가 되거든 내 눈에서 나오는 피눈물로 이 달을 흐리게 해 놓을 터이니 보아라, 응, 순애. 만일 내년 이날에 달이… 달이… 이 달이 흐리거든 이수일이가 너를 원망하고 어디서 오늘 저녁같이 울고 있는 줄을 알아 다고」

순애는 수일을 붙들고 몸부림을 하며 목을 놓고 체읍한다.

(…중략…)

수일이는 순애의 일시 미혹(迷惑)한 마음을 다시 돌이키고자 하여 순애의 허리를 껴안고 월하에 비치는 백설 같은 목뒤에 뜨거운 눈물이 한 방울 두 방울 뚝뚝 듣는다. 몸은 바람 앞에 나무 잎사귀같이 벌벌 떨린다. 순애도 수일의 옷자락을 더위잡고 머리는 수일의 가슴에 안겨 느끼고 있다. 수일은 눈물에 젖은 얼굴로 지향 없이 중천을 우러러 한숨짓는다.

「아－, 나는 어찌하면 좋단 말이오. 여보시오, 내가 만일 갈 것 같으면 당신은 어찌할 터이요. 그 말씀을 좀 하여 주시구려」

그 말 한마디에 수일은 순애의 몸을 두 손으로 떠밀치며

「그러니까 아무리 하여도 너는 김중배를 쫓아가겠다 하는 말이로구나. 이토록 누누이 알아듣도록 말을 하여도 듣지를 않는다 하는 말이지. 아무리 못생긴 년이기로, 이년, 내가 너 같은 간부(姦婦)하고 말하는 내가 도리어 그르다」

……十年後《のち》の今月今夜……一生を通して僕は今月今夜を忘れん、忘れるものか、死んでも僕は忘れんよ! 可《い》いか、宮さん、一月の十七日だ。来年の今月今夜になったらば、僕の涙で必ず月は曇らして見せるから、月が……月が……曇ったらば、宮さん、貫一は何処かでお前を恨んで、今夜のように泣いて居ると思ってくれ。」

宮は挫《ひし》ぐばかりに貫一に取着きて、物狂《ものぐるはし》う咽《むせび》入りぬ。

(中略)

彼は危《あやふ》きを拯《すく》はんとする如く犇《ひし》と宮に取着きて、匂滴《にほひこぼ》るる頸《えり》元《もと》に沸《に》ゆる涙を濺《そそ》ぎつつ、芦《あし》の枯葉の風に揉《もま》るるやうに身を顫《ふるは》せり。宮も離れじと抱緊《いだきし》めて諸共《もろとも》に顫ひつつ、貫一が臂《ひぢ》を咬《か》みて咽《むせび》泣《なき》に泣けり。

「嗚呼《ああ》、私は如何したら可かろう!若し私が彼方《あっち》へ嫁《い》ったら、貫一さんは如何するの、それを聞かして下さいな。」

木を裂く如く貫一は宮を突放して、

「それぢゃ、断然《いよいよ》お前は嫁く気だね!これまでに僕が言っても聴いてくれんのだね。ちえぇ、腸《はらわた》の腐った女! 姦婦《かんぷ》」

その声とともに貫一は脚《あし》を挙げて宮の弱腰をはと踢《け》たり。地響して横様《よこさま》に転《ころ》びしが、なかなか声をも立てず苦痛を忍びて、彼はそのまま砂の上に泣伏したり。貫一は猛獣などを撃ちたるやうに、彼の身動も得為《えせ》ず弱々《よわよわ》と僵《たふ》れたるを、なほ憎さげに見遣《みや》りつつ、

하며 수일이는 다리를 들어 순애의 허리를 걷어찬다. 순애는 땅 위에 모로 쓰러져서 다시 일어날 생각도 아니 하고 모래 위에 엎뎌 울고 있다. 수일은 엎드러져서 있는 순애의 모양을 분기 탱중한 목자로 내려다보며

「순애야, 이년, 순애야, 이년, 너의 마음이 이러헤 변한 까닭으로 이수일이라 하는 놈은 낙심되는 끝에 발광하여 일평생을 그르치는구나.

학문이 다 무엇이냐, 오늘 저녁으로 마지막이다. 이 한으로 하여서 이수일이 한 놈은 살아서라도 아귀가 되어서 너 같은 년의 고기를 씹고 피를 마실 터이다. 김… 김… 김중배 부인, 다시는 평생에 너와 나와 보지를 아니할 터이니 얼굴을 들어서 아직 사람의 마음을 가지고 있는 이수일의 얼굴을 한번 자세히 보아 두어라.

십여 년 동안을 두고 큰 은혜를 받은 심택 씨 내외분께 잠깐이라도 뵈옵고 그간의 은혜를 감사한다는 말이나 여쭐 터이나 그렇지 못한 사단이 있어서 이수일이는 길게 하직을 하니 안녕히 계십시사고 네가 두 분께 잘 말씀을 여쭈어라. 만일 이수일이는 어디로 갔느냐고 물으시거든 그 못나고 병신 같은 놈은 삼월 십사일 밤에 별안간에 미쳐서 대동강 부벽루 아레에서 부지거처가 되었다고」

(…중략…)

수일이는 벌써 몇 간 동안을 갔는지라. 순애는 죽을힘을 다하여 몸을 일고자 하나 전신이 결려 얼푸시 일어나지 못하고 목소리만 내어

「宮、おのれ、おのれ姦婦、やい! 貴様のな、心変をしたばかりに間貫一の男一匹《いっぴき》はな、失望の極発狂して、大事の一生を誤って了《しま》ふのだ。学問も何ももう廃《やめ》だ。この恨の爲に貫一は生きながら悪魔になって、貴様のやうな畜生の肉を啖《くら》って遣る覚悟だ。富山の令……令夫……令夫人! もう一生お目には掛らんから、その顔を挙げて、真人間で居る内の貫一の面《つら》を好く見て置かないかい。長々のご恩に預かった翁《をぢ》さん姨《をば》さんには一目会って段々の御礼を申上げなければ済まんのでありますけれども、仔細《しさい》あって貫一はこのまま長の御暇《おいとま》を致しますから、随分お達者で御機嫌《ごきげん》よろしう…宮さん、お前から好くさう言っておくれ、よ、若《も》し貫一は如何したとお訊《たづ》ねなすったら、あの大馬鹿者は一月十七日の晩に気が違って熱海の浜辺から行方《ゆくへ》知れずになって了ったと…………。」

（中略）

貫一ははや幾間を急行《いそぎゆ》きたり。宮は見るより必死と起上りて、脚の傷《いたみ》に幾度《いくたび》か仆《たふ》れんとしつつも後を慕ひて、

「여보, 그러면 다시 내가 붙잡지는 아니할 터이니 내 말 한마디만 듣고 가시오」

드디어 다시 엎더져 체읍하는 순애는 쫓아갈 근력도 없고 다만 울음에 섞인 목소리로 수일을 부르고 있을 뿐이라. 월하에 점점 멀어 가는 이수일의 그림자는 벌써 소나무 사이로 좇아 을밀대아래로 달음질하여 올라간다. 순애는 더욱 수일을 부르기를 마지아니한다. 수일의 검은 그림자는 을밀대 위에서 서서 아래를 내려다보는 듯하다.

순애는 다시 소리를 높이 하여 수일의 이름을 부른다. 그러나 대답이 없다. 순애는 몸을 반쯤 일어나 목을 길게 하여 사방을 살펴보나 검은 그림자도 사라진 것같이 없어지고 다만 적적한 공산에 소나무 그림자만 우뚝우뚝 서 있고 대동강(大同江) 변에 흐르는 물결 소리만 슬프게 들리는데[4]삼월 십사일 밤 교교한 달빛은 근심을 가득히 머금었더라.

순애는 세 번째 수일의 이름을 부르나 그 소리는 산에 울려 다시 순애의 귀에 들릴 뿐이요 그 소리도 그치매 다시 부벽루(浮碧樓)는 적적한데, 수상(水上)으로 좇아 내려오는 일엽편주는 노 젓는 소리 삐걱삐걱 하더니 반공에 솟아나오는 수심가(愁心歌) 한 곡조라.

부벽루야 너 잘 있거라 너와 나와 오늘 밤이 영별이로구나
모란봉이야 변하여서 대동강수 될지라도
너와 나는 변치 말자 맹세하였더니
세태인정이야 이렇듯 무정하단 말이냐[2)]

(趙重桓　飜案・박진영編,『장한몽(長恨夢)』, 현실문화연구)

「貫一さん、それぢやもう留めないから、もう一度、もう一度……私は言遺《いいのこ》した事がある」

遂に倒れし宮は再び起つべき力も失せて、唯声を頼《たのみ》に名を呼ぶのみ。漸く朧《おぼろ》になれる貫一の影が一散に岡を登るが見えぬ。宮は身悶えして猶呼続けつ。やがてその黒き影の岡の頂《いただき》に立てるは、此方《こなた》を目戍《まも》れるならんと、宮は声の限に呼べば、男の声も遥に来りぬ。

「宮さん！」

「あ、あ、あ、貫一さん！」

首を延べて眴《みまは》せども、目を瞠りて眺むれども、声せし後は黒き影の掻消す如く失せて、それかと思ひし木立の寂しげに動かず、波は悲き音を寄せて、一月十七日の月は白く愁ひぬ。

宮は再び恋《こひし》き貫一の名を呼びたりき[2]。

（原文の旧漢字体は新漢字体に変更し、振り仮名も読みやすい程度に省きました。）

（訳：野口なごみ）

2) 長恨夢の最後の部分には、「金色夜叉」にはない「愁心歌」が入っている。以下は『長恨夢』の下線部の日本語訳である。“その声は山に響き、再び順愛の耳に聞こえるばかり。その声も消え、再び浮碧楼は静まりかえり、流れに沿って下る一葉扁舟は櫓音をギーコギーコさせ、半空にわきあがる愁心歌一曲。/ 浮碧楼よ、元気でな　君と僕は今宵が永の別れだ / たとえ牡丹峰が大同江の水になろうとも / 君と僕は変わるまいと誓ったのに / 世間の人情とはこんなにも無情なものなのか”

2. 無情(무정) : 李光洙(이광수)

第74장

(… 중략…)

「영채? 그 새악시 말이야요. 어떻게 되었나요. 그 후에 한번 만나 보셨어요?」

형식은 이 말에 가슴이 뜨끔하였다. 손에 들었던 궐련을 땅에 떨어뜨렸다. 그렇게 형식은 놀랐다.

「그만 물에 빠져 죽었답니다.」

「물에 빠져? 언제?」

「아마, 그저께 빠져 죽었겠지요.」

「에그머니, 웬일이야요? 왜 빠져 죽어요? 저런!」

형식은 말없이 두 팔로 제 목을 안고 고개를 수그렸다. 지나간 삼사일의 광경이 눈앞으로 휘익휘익 지나간다. 노파의 눈에는 눈물이 핑 고인다.

「아, 글쎄 무슨 일이야요?」

「나처럼 세상이 재미없던 게지요.」

「에그머니, 저런! 꽃 같은 청춘에 왜 죽는담. 명이 다해서 죽는 것도 설운데 물에를 왜 빠져 죽어?」 하고 한참 묵묵히 앉았더니 손등으로 눈물을 씻으며,

「이선생이 잘못해서 죽었구려!」

「어째서요?」

第74章

(…中略…)

「英采《ヨンチェ》と言ったかね。あの娘さん。どうなりました。その後、会いましたか。」

亨 植《ヒョンシク》はこの言葉に胸がどきっとし、手に持っていた巻きタバコを地面に落とした。それほど驚いた。

「川に身を投げてしまいました。」

「身投げだって。いつ。」

「おとといのようです。」

「あらまあ、なんということを。なんで身投げなど。なんとまあ。」

亨植は黙って両腕で首を抱えうなだれた。ここ三、四日間の光景が走馬灯のように目の前をよぎった。老婆の目にはみるみる涙がにじんだ。

「まあ、それで何があったのかね。」

「わたし同様、この世に興味がもてなかったのでしょう。」

「まあ、なんてことを、花の青春に死ぬなんて。寿命が尽きて死んでも悲しいのに、どうして身投げなんて。」と言って、しばらくじっと座っていたが、手の甲で涙をぬぐいながら、

「死んだのはあなたのせいですよ。」

「どうしてですか。」

「그렇게 십여 년을 그립게 지내다가 찾아왔는데 그렇게 무정하게 구시니까.」

'무정하게' 라는 말에 형식은 놀랐다. 그래서,

「무정하게? 내가 무엇을 무정하게 했어요?」

「무정하지 않구. 손이라도 따뜻이 잡아 주는 것이 아니라…」

「손을 어떻게 잡아요?」

「손을 왜 못 잡아요? 내가 보니까, 명채…」

「명채가 아니라 영채야요.」

「옳지, 내가 보니깐 영채 씨는 선생께 마음을 바친 모양인데. 그렇게 무정하게 어떻게 하시오. 또 간다고 할 적에도 붙들어 만류를 하든가 따라가는 것이 아니라....」 하고 형식을 원망한다.

(… 중략…)

제89장

여학생은 영채의 신세 타령을 듣고,

「그러면 지금도 그 형식을 사랑하시오?」

사랑하느냐 하는 말에 영채는 가슴이 뜨끔하였다. 과연 자기가 형식을 사랑하였는가, 알 수가 없다. 자기는 다만, 형식이란 사람은 자기가 찾아야 할 사람, 섬겨야 할 사람으로 알았을 뿐이요, 칠팔 년래로 일찍 형식을 사랑하는지 생각해 본 적도 없었다. 다만 어서 형식을 찾고 싶다, 어서 만나면 자기의 소원을 이루겠다, 만나면 기쁘겠다 하였을 뿐이다. 그러므로 영채는 멀거니 여학생을 보다가,

「あのように十年余り慕い続けてやっと訪ねてきたのに、あんなに無情になさるから。」

「無情に」という言葉に亨植は驚いた。それで、

「無情ですって、わたしが何か無情と言われるようなことをしましたか。」

「無情に決まってますよ。手を優しく握ってあげるでもなく……。」

「どうして手を握らなければならないのですか。」

「なんで握れないのです。私が見るに、ミョンチェ……。」

「ミョンチェでなく英采です。」

「確かに、わたしの目には英采さんはあなた一筋のようでしたのに。あんなにも無情にするなんて。それに、帰るというときも、引き止めることもせず、追いかけることもなく……」と亨植に恨み言を言った。

（中略）

第89章

女学生は英采の身の上話を聞いて、

「では、今でもその亨植を愛しているのですか。」

愛しているかという言葉に英采は胸がちくっとした。果たして自分は亨植を愛していたのだろうか、わからなかった。自分はただ、亨植という人は、自分が尋ねていくべき人、仕えるべき人だとしか思っていなかった。かつてここ七、八年来亨植を愛しているのだろうかと考えてみたこともなかった。ただ、早く亨植を尋ねていきたい、会ったら自分の願いは遂げられる、会えばうれしいだろうというだけであった。それゆえ英采はぼんやりと女学生を見ていたが、

「그런 생각은 해본 적도 없어요. 어려서 서로 떠났으니까 얼굴도 잘 기억하지 못하였는데...」

「그러면 부친께서 너는 아무의 아내가 되어라 하신 말씀이 있으시니까 지금껏 찾으셨습니다그려. 별로 사모하는 생각도 없었는데...」

「네, 그러고 어렸을 때에 정들었던 것이 아직도 기억이 되어요. 그때 일을 생각하면 어째 그리운 생각이 나요.」

「그것이야 그렇겠지요. 누구나 아잇적 생각은 안 잊히는 것이니깐. 그이뿐 아니라 다른 아이들 생각도 나시지요?」

영채는 가만히 생각해 보더니,

「네, 여러 동무들이 나요. 그러나 그의 생각이 제일 정답게 나요. 그랬더니 일전 정작 얼굴을 대하니깐 생각던 바와 다릅데다. 어째 이전에 정답던 것까지도 다 깨어지는 것 같애요. 왜 그런지 모르겠어요. 그래서 그날 저녁에 집에 돌아와서는 어떻게 마음이 섭섭한지 울었습니다.」

잘 알아들은 듯이 고개를 끄덕끄덕하더니 말하기 어려운 듯이,

「그러면 지금은 그에게 대해서는 별로 사랑이 없습니다그려.」

영채는 저도 제 생각을 모르는 모양으로 한참이나 생각하더니,

「글쎄요, 만나니깐 반갑지는 반가운데 어쩐지 기다리고 바라던 그 사람이 아닌 것 같애요. 내 마음속에 그려 오던 사람과는 딴사람 같애요. 저도 웬일인가 했어요. 또 그이도 그다지 저를 반가워하는 것 같지도 아니하고…」

「そんなことは考えたこともありません。幼いときに二人は離れたので、顔もしっかり覚えていないし……。」

「では、お父様がお前は誰それの嫁になれとおっしゃられたから今まで捜し続けたというのですね。とくに恋い慕うという思いもないままに……。」

「はい、でも幼いとき仲良くしていたことはいまだに覚えています。その時の事を思うとなつかしく思います。」

「それはそうでしょう。誰でも子どもの時の思いは忘れられないものですから。その人だけでなく、ほかの子供たちのことも思い出すでしょう。」

英采はじっと考えていたが、

「はい、たくさんの幼友達が思い出されます。でも、彼の事が一番親しく思い出されます。それなのに、先日実際会って目の前にすると、思っていたのとは違ったのです。どうしてか、以前の仲良かったことまで全てこわれてしまうようでした。どうしてなのかわかりません。それでその日の夕方家に戻ってから寂しさのあまり泣いてしまいました。」

気持はよくわかるというようにうなずきながら、言いにくそうに、

「では、今は彼に対しては特に愛情を感じていないのですね。」

英采は自分で自分の気持がわからないようで、しばらく考えていたが、

「そうですね、会えたのでなつかしいことはなつかしいのですが、どういうわけか、思い続けていた人ではないような気がしました。わたしが心の中で描いていた人とは別人のようでした。自分でもどうしたことかと思いました。また、彼もそれほどわたしを懐かしく思っているようでもありませんでしたし……。」

「알았습니다」 하고 여학생은 눈을 감는다. 무엇을 알았단 말인고 하고 영채도 눈을 감는다. 여학생이,

「그런데 왜 죽을 결심을 하셨어요?」

「아니 죽고 어떻게 합니까. 그 사람 하나를 바라고 지금껏 살아오던 것인데 일조에 정절을 더럽히고…」 괴로운 빛이 얼굴에 나타나며, 「다시 그 사람을 섬기지도 못하겠고… 이제야 무엇을 바라고 사나요」 하고 절망하는 듯이 고개를 푹 숙인다.

「나는 그것이 죽을 이유라고는 생각하지 아니합니다.」

「그러면 어찌하고요?」

「살지요! 왜 죽어요?」

(이광수, 『한국소설문학대계2』, 동아출판사, 1995)

「わかりました。」と、女学生は目を閉じた。なにがわかったのかしら、と英采も目を閉じた。女学生が、

「ところで、どうして死のうと決心したのですか。」

「死ぬのが当然でしょう。ずっとその人一人を思い続けて生きてきたのに、一朝にして貞節を汚され……。」苦しそうな顔になり、「もうあの人に仕えることもできず……今となっては何を希望に生きていきましょうか。」と絶望したように首をがくっと落とした。

「わたしにはそれが死ぬ理由になるとは思われません。」

「では、どうしろというのですか。」

「生きるのです。どうして死のうとするのですか。」

（訳：野口なごみ）

◙ 韓国新小説と 1910 年代の文学作品の解説 ◙

「近代小説」の誕生と「翻訳」された近代

1910年は朝鮮が日本の植民地になった年である。西欧の新文物がどっと押し寄せてきた開化期であり、生活全般に大きな変化が起こり始めたのであるが、小説もやはり例外ではなかった。朝鮮後期の伝統的なハングル小説の形式を継承発展させた1910年前後に、一つの新しい類型の小説作品「新小説」が登場したのである。「新小説」という名称は、1906年新聞『万歳報』に李人稙の小説『血の涙』が連載され、「血の涙」という題目の前に「新小説」という表現をつけ始めてから生まれたもので、1913年に翻案小説が登場する以前の時期の小説をさす。

新小説『血の涙』は、“日清戦争の銃声は、平壌一帯が揺れんばかりであったが、銃声が止み、人跡は絶え、山野には生臭いにおいだけが残った”という文章ではじまる。「清日戦争」でなく「日清戦争」と表記していることからもわかるように、李人稙(이인직)は「小中華」から自由になったが、日本(あるいは米国)を中心に新しい文明開化世界を作っていこう、という論理を小説の中で展開している。小説は日清戦争で家族が別れ別れになり、一人残された女主人公玉蓮が日本人の軍医に会い、彼とともに米国に留学に行くという内容で、日清戦争に伴う疲弊の核心は清軍にあり、問題はかれらを引き入れた封建制—両班にある、という式の論理を展開している。以前作者が官費留学生として日本で三年間修学し、日露戦争のときには日本陸軍省韓語通訳官として従軍した経験が反映されたテーマでもある。作品は日清戦争の惨状を慨嘆しながら、封建制度に対する憎悪と新教育・新文明を強調している。

形式面においても『血の涙』は新たな試みを見せてくれているが、『万

歳報』の連載本に見られる日本語のルビ表記法[6]がそれである。たとえば“昨日朝《어제아침》애셔(に)避難갈(する)時《째》에ᄂᆞᆫ(には) 房가운ᄃᆡ(部屋の中の) 何物《아무것》도(も) 散亂《느러노흔》거업셧더니(していなかったのに) 今日朝《오날아침》에(に)”(第九回)のような形式である。しかしこのようなルビ表記法は単行本の出版とともに姿を消した。小説が連載された『万歳報』からルビを振った記事が無くなるにしたがって、新小説の表記方式もやはり変わっていったのであるが[7]、結局小説表記は、漢字を使用しなかった以前の古典小説の伝統を引き継ぐ方向に進んだのである。

『血の涙』以後、李人稙は更に1908年『雉岳山』と『銀世界』を発表し、同じ新小説作家群に属する李海朝は女権伸張などを討論態形式にあらわした『自由鐘』(1910年)と『花の血』などの新小説を更に発表した。しかし1910年を経て、これら新小説は、当時唯一の韓国語の中央日刊紙であった『毎日申報』紙面から次第に消え始めた。これは新小説の「通俗化」、すなわち1910年代新小説は新文物に基礎を置いた新しい価値観を率先して見せてくれたが、類型化された倫理概念でこれを再び裁断しようとしたためである[8]。

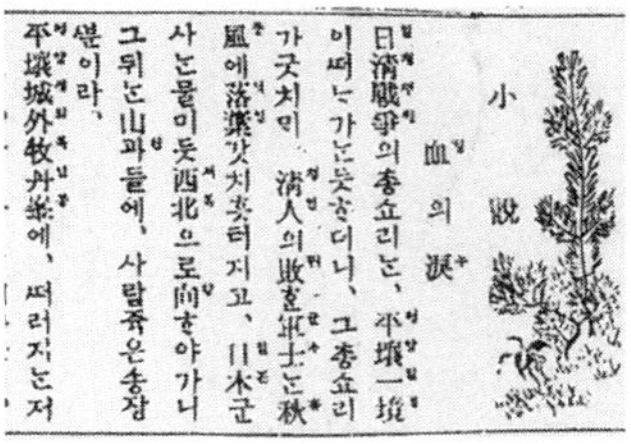
小說
血의淚
日淸戰爭의총쇼리는、平壤一境
이떠나가는듯ᄒᆞ더니、그총쇼리
가긋치미、淸人의敗ᄒᆞᆫ軍士는秋
風에落葉갓치훗터지고、日本군
사는물미듯西北으로向ᄒᆞ야가니
그뒤는山과들에、사람죽은송장
뿐이라、
平壤城外牧丹峯에、떠러지는저

『万歳報』の『血の涙』一回分

6) ルビ式表記法に対して李人稙は“この小説は国文だけ見て漢字文は見ないように”(「短篇」,『万歳報』, 1906.7.3.)と説明している。李人稙が留学していた時期、日本の印刷物にはこのような「ルビ」が多様な形態で使用されていた。(挿絵はルビが振られている『万歳報』の『血の涙』一回分)

7) 三枝壽勝「二重表記と近代的文体形成」,『韓国近代文学にあらわれた日本体験』, 韓国文学研究学会第54次学術シンポジウム, 2000年8月。討論者金允植は、これを漢字表記と描写の表記－新しい世界観の表記として解析した。ルビ式表記法に関してはチェ・テウォン(최태원),「〈血の涙〉の文体と談論構造研究」, ソウル大学大学院, 2002.2.などがある。

8) イム・ギュチャン(임규찬)・ハン・ジニル(한진일)編,『林和　新文学史』, ハンギル社, 1993年。

この後登場したのが「新派劇」とともに登場した趙重桓(조중환)の『双玉涙』、『長恨夢』(1913年)のような翻案小説である。

これらの翻案小説は、日本の明治時代中ごろの家庭の悲劇を扱った小説を翻案したもので、『双玉涙』は菊池幽芳の『己が罪』を、『長恨夢』は1897年から『読売新聞』に連載された尾崎紅葉の『金色夜叉』をそれぞれ翻案したものである。ところで興味深いことは、小説『金色夜叉』もやはりボサ M.クレイ(Bertha M. Clay)の米国小説『女より弱き者(Weaker Than a Woman)』を翻案したものであることが最近明らかにされたが、1890年代中頃から、英米大衆小説は日本で集中的に翻案されたという[9]。“文学という言葉は日本から輸入された英語の「L iterature」に対する訳語”であると中国の小説家魯迅が話しているように、英米小説は日本語に、その日本語小説は再び韓国語小説に翻訳・翻案されていった[10]。

先に小説『長恨夢』の中から引用した部分は、大同江の河辺での李守一と沈順愛の有名な離別の場面である。韓国の人々の間ではいまだに“大同江の河辺浮碧楼を散歩する李守一と沈順愛の二人”で始まる「長恨夢歌」[11]を記憶している人が多い。これは『長恨夢』が1980年代までに演劇や音楽劇などによって公演されたためである。これらの演劇の元祖は1913年に上演された新派劇「長恨夢」であり、その新派劇は『毎日申報』の小説連載終了前に上演され、観客達の大歓迎を受けた。『長恨夢』は最初から

9) パク・ジニョン(박진영)「書き改め新たに読む彼女達の時代」,『長恨夢－韓国の翻案小説一』, 現実文化研究, 2007。彼の他の論文「1910年代翻案小説と‘失敗した恋愛’の時代」,『尚虚学報』15集, 尚虚学会, 2005.8.参照。

10) Lydia H. Liuの言うように、近代初期の中国と日本は、「翻訳された近代」と言うことができるであろう。当時日本で作られた数多くの西洋語は、開化期の韓国と中国で翻訳・翻案され実験的に使われていた。(ファン・ジョンヨン：황종연,「文学という訳語」,『東岳語文論集』32集, 東岳語文学会, 1997.12.)

11) 演歌「新金色夜叉」の翻案曲である「長恨夢歌」は、名歌手金山月はもちろん、30年代～60年代最高の夫婦歌手高福寿と黄琴心、「歌謡皇帝」と呼ばれた南仁樹などによって歌われた。

『毎日申報』により緻密に企画されたといわれ、例えば新聞購読者たちへの特典として、新聞に印刷された割引券を提示すれば、半額で新派劇公演を見ることができたという[12]。翻案小説の読者が新派劇観客を呼び込み、観客が再び小説の読者を呼び込んだのである。

陰暦三月十四日の晩、恋人たちの愛と離別の場面として広く知られている大同江の河辺浮碧楼の下で，黒い学生帽をかぶり制服を着た李守一が、金重倍のダイヤの指輪と沈順愛の変心を軽蔑し、呪い、足で蹴飛ばし、涙をこらえて背を向ける場面である。これは『金色夜叉』の主人公と地名、状況などを全て植民地朝鮮に合うように改作したものであるが、有名な熱海の海岸での貫一とお宮の邂逅場面を、平壌の大同江の河辺の李守一と沈順愛の離別場面に変えたものである。

『長恨夢』が新派劇として上演され、観客達の涙を最も多く誘う部分は、やはり前に引用した大同江の河辺[13]の李守一と沈順愛の離別場面である。特にこの場面で女性観客たちの涙が多かったが、これは、女主人公の葛藤と試練に多くの女性観客たちが共感と同情を送ったからである。これはまた、新しい世界観と旧時代的世界観が激しくぶつかる地点を最も敏感に感じ取れるところがまさに「家庭」と「恋愛」[14]であったことも意味す

12) 半額割引券を提示すれば30銭であった上等席入場料が15銭に割引されたという。当時『毎日申報』の一ヶ月の購読料は43銭であった。(チェ・テウォン,「翻案小説・メディア・大衆性」,『韓国近代文学と日本』, ソミョン出版, 2003年)

13) 趙重桓は、“『長恨夢』の中の最も華麗で重要な骨子である熱海の海岸の愁嘆場をどこにするか”悩んだ末に、“漢江沿岸を持ってきて使うのはなにか格がずっと落ちる着想のようだ”といって、“綾羅島の森の間にさえずるウグイスの声、七星門の柱にたなびく遥かな月の光、全てがわたしの筆を激励してくれる絶景”の平壌の大同江沿岸を選んだという。(「外国文学座談会」,『三千里』6巻9号, 1934年9月)

14) 近代小説の中で「恋愛」という単語が最初に登場することも、“青年男女の恋愛というのは非常に神聖なものだと教えてくれる”のも、趙重桓の翻案小説『双玉涙』の裁縫教師の発言を通してである。(クォン・ポドゥレ：권보드래,『恋愛の時代』, 現実文化研究, 2003年)

る。『長恨夢』が日本の明治中葉の家庭悲劇小説を翻案したこととも無関係ではない。

悲恋の女主人公沈順愛は、自身の美貌が“夫から愛され”“富貴もともに獲得する”に十分である(第３章)と信じ、“妻の実家の財産を譲り受けやっとのことで夫婦が生き延びる”李守一との結合を願わなかったが、一方では、“一つ家で兄妹のように十年余りを暮らして”きた李守一との「美しい因縁」のために苦しみもする。沈順愛の内面の葛藤、すなわち近代的「欲望」と前近代的「義理」の間の葛藤を垣間見ることができる。古代小説や新小説において葛藤は、外部の悪因により招来するのが大部分であるが、小説『長恨夢』においての葛藤は、主人公の内面から発生し、善悪二分法で彼女を裁断しきることもできない。新小説から近代小説に半歩足を踏み入れたのである。

金重倍のダイヤの指輪を選択したが沈順愛は李守一のために貞操を守る。真正の夫でない金重倍により純潔を奪われたといって、「自殺」を決心する。女性の前近代的指針書である『小学』と『烈女伝』の世界に戻ったのである。沈順愛の「自殺」の試みと「精神病(狂気)」という贖罪の段階を踏んだ後、二人は最後に再結合に成功するのであるが、これは未完の原作『金色夜叉』と差があるところである。危機を最後には義理と愛により克服するという古代小説の文法に後退したことがわかる。

韓国の近代小説が世に出たのは、1917年１月『毎日申報』に連載された李光洙の『無情』に至ってからである。古典小説になじんでいた読者を考慮して、『長恨夢』の著者趙重桓と『毎日申報』は、李守一と沈順愛の再結合を通して、全面化していた近代的価値観を最後には前近代的価値観に戻したが、小説『無情』の二人の主人公、亨植と英采は最後まで結婚に成功することができなかった。

『無情』は近代式愛情の三角関係に関するレポートだと言うことができる。ここで「三角関係」というのは、前近代小説と新小説でよく見られる愛情コードが、一つでなく二つだということを意味する。たとえば、『長恨夢』で「春香」のような愛情葛藤のコード(妓生身分を飛び越え結婚に成功しようという)を持った人物は、「孤児」の身分で沈順愛と結婚しようという李守一だけだということができる。反面、『無情』には、「妓生」の身分で当代の知識人亨植と結婚しようという英采、「孤児」身分を越えて裕福な女学生出身の善馨と結婚しようという亨植、という二個の愛情葛藤コードが存在する。このような二つの愛情葛藤は互いにからまり、近代的愛情の「三角関係」を形成していく。

しかし『無情』において、葛藤の軸は、やはり小説家李光洙を連想させる孤児出身の「亨植」である。亨植は金持ちの金長老の娘善馨との婚約に伴う米国留学(個人の欲望)と、幼いとき自分の面倒を見てくれた朴進士の娘英采(義理)との間で葛藤する。金長老に大別される「近代」と朴進士に代表される「前近代」の間の葛藤だともいえる。ここで亨植は決して古典小説の英雄ではない。葛藤もやはり外部から与えられたものではなく、彼の内面に存在するものであって、したがって亨植はいつも二層的であり、時としては卑怯でさえある。

亨植は自身の欲望を実現させてくれる善馨との婚約式を前にして突然登場する英采を、妓生であるならすでに純潔を失っているだろうといって、結婚を拒否するいい訳を探したかとおもうと、英采が自分をたぶらかす悪女かもしれないと思ったりもする。[15)]

次に、抜粋引用した小説『無情』の前半部分を見てみることにする。亡くなった父朴進士の言うとおりに亨植と結婚すると思い込んでいた英采が、監獄に捕えられた父を救うために妓生になった後も、亨植だけを思い

15) 波田野節子はこれを心理学の用語を借りて「反動形式」と「投射」と説明している。(波田野節子,「『無情』解説」,『無情-朝鮮近代文学選集一』, 平凡社, 2005年)

貞節を守ったが、結局、似非開化派知識人に純潔を奪われ、亨植に遺書を残して、平壌の大同江で自殺をするために去っていった、という話を京城の下宿の老婆に話している場面である。話を聞いた老婆は、英采が下宿を尋ねて来たときに亨植が手でも握ってあげてたらそんなことにならなかったのに、どうしてそんなに「無情」だったのかと亨植を責める。無情にも彼女の手さえ握らなかったのは、実は、「欲望(善馨)」と「義理(英采)」の間で「欲望」を選択しようとしたからだ、という事を亨植ははじめて認識したといえる。

それでは、英采はついには死んでしまったのであろうか。『無情』が正確な意味での近代小説であるためには、英采は死に、亨植は善馨と幸せに暮らさなくてはならない、という人たちもいる[16]。しかし英采は死ななかった。先に引用した『無情』の後半部分を見ることにしよう。英采は平壌に行く途中で一時帰京する東京留学中の女学生と出会い、彼女からどうして死のうとするのか、どうして『小学』と『烈女伝』という前近代的世界観の中に縮こまっているのか、と問いつめられる。同時に女学生は英采に亨植を“愛しているのか”と尋ねるが、英采は七年ぶりに会った亨植が、「無情」にあしらった事を思い出し、即答することができなかった。女学生を通して亨植の「無情」を認識し、それが愛でなかった事を悟った英采は平壌の大同江への自殺行を中止し、復活の道に至る。過去の世界から未来の世界、すなわち近代的世界観に着替えたのである。

英采の復活は非常に重要な意味を持っている。古代恋愛小説でよく見られる「義理(情)」への回帰、すなわち亨植が自身の「欲望(善馨との結婚)」を引っ込め英采と再結合するという方式を取らなくとも、亨植が英

16) 叙事の方向性という論理の次元で英采は除去されねばならず、そのような意味で『無情』の後半部は蛇足のようだという評も受ける。(ソ・ヨンチェ：서영채，「『無情』研究」，ソウル大学大学院，1992)

采と和解することが出来るからである。このために李光洙が準備した装置は、「三浪津」の洪水と慈善音楽会である。英采と女学生が東京に留学するために乗った同じ汽車に、婚約を終え米国留学に行こうとしていた亨植と善馨も乗っていたのであるが、その汽車が三浪津近辺で洪水に遭い、これ以上進めなくなってしまった。彼らは一緒に降り、即席の慈善音楽会を開き、水害の被害を受けた人を助け、その過程で亨植と英采、英采と善馨は互に和解するのである。前近代的義理による回帰ではない、「民族啓蒙」というイデオロギーを通した和解を李光洙は企画したのである[17]。

『無情』の前半部に比べて後半部は、構成はもちろん内面描写も緻密とはいえない。葛藤を目的意識的に縫合したためかもしれない。慈善音楽会で光を放つのは、やはり東京と米国にそれぞれ留学しようとしている留学生だけで、被災者達は決して小説の主役ではない。しかし「義理」でなく「欲望」を選択したことも、不恰好な啓蒙を選択したことも、まさに1910年代植民地朝鮮が直面していた近代という名の生(なま)の顔かもしれない。李光洙によって伝染し始めた「啓蒙」は、20～30年代を経て、また70年代と80年代を経て、より洗練された顔を見せ、今現在も我々の周囲を回り続けている。そういう視点から見ると、啓蒙とは、近代がその力を全て出し切る最後の日まで、近代の一番先端の位置を明け渡すまいとしているようである。

(申 明直)

17) 李光洙は「精神的文明論」を通し個人、民族、東洋という新しい主体を構成する基盤をつくろうとした。(キム･ヒョンジュ：김현주,「李光洙の文化理念研究」, 延世大学大学院, 2002.8.)

第3章

「民謡詩」と朝鮮の「玄界灘」

金素月(김소월, 1902～1934)
韓国近代文学を代表する最初の詩人であると評価されている。重要作品は、「つつじの花」と「山有花」、「母よ、姉よ」、「往十里」などがある。本名は金廷湜。平北定州で育ち、漢文を修学した。南山普通学校、五山学校中学部、培材高等普通学校を経て、1923年、日本の東京商大予科に入学したが、関東大地震の後帰国した。1922年、『開闢』を通して作品を本格的に発表し、1925年に生前における唯一の詩集『つつじの花』が賣文社から出版された。その後、地方へ移り『東亜日報』支局を運営したが失敗する。1939年、金億の主幹で『素月詩抄』が出版された。

廉想渉(염상섭, 1897～1963)
号は横歩。ソウル生まれ。普成小学校を経て日本慶応大学文学部予科で学ぶ。1920年、金億、呉相淳、黄錫禹らとともに同人誌『廢墟』を創刊し、1921年に最初の作品「標本室の青蛙」を発表、1924年には最初の単行本『向日葵』を出刊した。雑誌『東明』の記者、『朝鮮日報』の学芸部長などを経て、30年代末には『満鮮日報』の主筆兼編集局長として活動した。代表作は中編「万歳前」(1924)と長編『三代』(1931)、長編『驟雨』(1954)などがある。

林和(임화, 1908～1953)
カップ(朝鮮プロレタリア芸術家同盟)の代表的詩人であり批評家。映画俳優としても活動した。ソウル生まれ。1925年普成中学校を中退し、26年から文学活動を始め、初期のダダイズム的傾向を脱皮して階級文学に転じた。27年にカップ加入、29年に「十字路の順伊(スニ)」、「私の兄さんと火鉢」のような短篇叙事詩を発表、代表的なプロレタリア詩人として浮上した。東京で『無産者』の仕事を手伝ってもいる。32年から35年にカップが解散させられるまでカップの書記長を務めた。「概説新文学史」を『朝鮮日報』に連載し、韓国近代文学史を「移植文学史」と規定した。代表作には、批評集『文学の論理』(1940)、詩集『玄界灘』(1938)が挙げられる。47年に越北し、朝鮮戦争末期の53年、南労党粛清時に処刑された。

1. つつじの花(진달래꽃) : 金素月(김소월)

나 보기가 역겨워
가실 때에는
말 없이 고이 보내 드리우리다

寧邊(영변)에 藥山(약산)
진달래꽃
아름 따다 가실 길에 뿌리우리다

가시는 걸음걸음
놓인 그 꽃을
사뿐히 즈려밟고 가시옵소서

나 보기가 역겨워
가실 때에는
죽어도 아니 눈물 흘리우리다

(오하근 편, 『정본 김소월 전집』, 집문당, 1995, 123)[18)]

18) 引用本は 吳河根が『原本 金素月 全集』を土台にした 定本である。キップンセム(金容稷：김용직注解,『原本 金素月 詩集』, キップンセム, 2007)版本では 25年に賣文社から発表された『つつじの花』が影印、収録されている。

私がいやで
行かれるときは
黙ってそっと　お送りしましょう

寧辺　薬山
つつじの花を
ひとかかえ　摘んで　行かれる道に　撒きましょう

行かれる道　一足ごとに
撒かれた花を
そおっと軽やかに踏んで　お行きなさい

私がいやで
行かれるときは
死んでも　涙は　見せません

（訳：浦川登久恵）

2. 萬歲前(만세전) : 廉想涉(염상섭)

“조선은 지금쯤 꽤 추울걸?”

“그렇지만 온돌이 있으니까, 방안에만 들어엎디었으면 십상이지.”

조선사정에 익은 듯한 상인 비슷한 사람이 설명을 했다.

“응, 참 온돌이란 게 있다지.”

촌뜨기가 이렇게 말을 하니까, 나하고 마주 앉아 있는 자가, 암상스러운 눈으로 그 자를 말끔히 쳐다보더니,

“노형 처음이슈? ”

하며, 말참례를 하기 시작했다. 남을 멸시하고 위압하려는 듯한 어투며, 뾰족한 조동아리가, 물어보지 않아도 빚놀이쟁이의 거간이거나 그따위 종류라고 나는 생각하였다.

“이 추위에, 어째 나섰소? 어딜 가기에?”

“대구에 형님이 계신데, 어머님이 편치 않으셔서……”

“마침 잘 되었소그려. 나도 대구까지 가는 길인데. …… 백씨께선 무얼 하슈?”

“헌병대에 계시죠.”

“네? 바로 대구 분대에 계셔요? 네…… 그러면 실례입니다만, 백씨께서는 누구세요? 뭘로 계셔요?”

시골자(者)의 형이 헌병대에 있다는 말에, 나하고 마주 앉은 자는 반색을 하면서, 금시로 말씨가 달라진다. 나는 그 자의 대추씨 같은 얼굴을 또 한 번 쳐다보지 않을 수 없었다.

“네. X라고 하지요…… 아직 군조(軍曹)예요 . 혹 형공도 아십니까? 그런데 노형은 조선엔 오래 계신가요? ”

「朝鮮は、今頃はかなり寒いんだろ?」

「けど、オンドルがあるから部屋ん中で寝そべっているにはもってこいでさ。」

朝鮮の事情に詳しいとみえる商人らしい男が説明した。

「ああ、そうだ。オンドルってのがあるんだった。」

田舎者らしい男がこう言うと、私と向かい合ってすわっている男が、疑り深そうな目でその男をまじまじと見て、

「おたく、初めてですな。」と、話に割り込んできた。人を蔑視し威圧しようというような言葉使いやとがらせた口元からみて、聞いてみるまでもなく金融ブローカーとかその類だろうと私は思った。

「この寒い中、何で出てきたんです? どこへ行こうと。」

「大邱に兄がおりますんで。母が具合が悪くって……。」

「そりゃちょうどよかった。私も大邱まで行く途中ですよ。……お兄様は、何をしてるんで?」

「憲兵隊におるんですわ。」

「え? あの大邱分隊におられる? そうですか……それなら、失礼ですが、お兄様は何とおっしゃいます？何でいらっしゃるんで?」

田舎者の兄が憲兵隊にいるという言葉に、私と向かい合ってすわっている男はひどく喜んで急に言葉使いを変えてきた。私はこの小男の抜け目なさそうな顔を今一度見つめざるをえなかった。

「はあー、×といいます……まだ軍曹ですよ。もしかしてご存じで? ところで、そちらは、朝鮮には長くいらっしゃるんですか?」

"네."

궐자는 시골자를 한참 말뚱말뚱 쳐다보다가,

"암, 알구말구요. 그 양반은 나를 모르실지 모르지만…… 아, 참 나요? 그럭저럭 오륙 년이나 '요보' 틈에서 지냈습니다."

"에구, 그럼 한밑천 잡으셨겠쇠다그려."

이번에는 상인 비슷한 자가 입을 벌렸다.

"웬걸요. 이젠 조선도 밝아져서, 좀처럼 한 밑천 잡기는……"

"그러나 조선 사람들은 어때요?"

"요보 말씀이에요? 젊은 놈들은, 그래도 제법들이지마는, 촌에 들어가면 대만(臺灣)의 생번(生蕃)보다 낫다면 나을까. 인제 가서 보슈…… 하하하."

'대만의 생번'이란 말에, 그 욕탕에 들어앉았던 사람들이, 나만 빼놓고는 모두 킥킥 웃었다. 나는 가만히 앉았다가, 무심코 입술을 악물고 치어다 보았으나, 더운 김에 가려서, 궐자들에게는 자세히 보이지 않은 모양이었다.

사실 말이지, 나는 그 소위 우국의 지사는 아니다. 자기가 망국 민족의 일분자(一分子)이라는 사실은 자기도 간혹은 명료히 의식하는 바요, 따라서 고통을 감(感)하는 때가 없는 것은 아니나, 이때껏 망국 민족의 일분자가 된 지 벌써 칠년 동안이나 되는 오늘날까지는, 사실 무관심으로 지냈고, 또 사위(四圍)가 그러하게, 나에게는 관대하게 내버려두었었다. 도리어 소학교 시대에는, 일본 교사와 충돌을 하여 퇴학을 하고, 사립학교로 전학을 한다는 등, 순결한 어린 마음에 애국심이 비교적 열렬하였지만, 차차 지각이 나자마자 동경으로 건너간 뒤에는, 간혹 심사 틀리는 일을 당하거나, 일 년에 한 번씩 귀국하는

「ええ。」

男は田舎者をしばしまじまじと見つめていたが、

「ええ、知ってますとも。あちらは、私をご存じないかもしれませんがね……。ああ、そうそう、私ですか? かれこれ5、6年ほど‘ヨボ’に混じって過ごしてるんです。」

「ほー、それじゃ、一儲けなさったでしょう。」

今度は、商人らしい男が口を開いた。

「いやいや、今じゃ朝鮮も開けてきて、なかなか一儲けなどは……」

「だけど、朝鮮人たちはどんなふうです?」

「ヨボのことですか? 若い奴らはそれでもまあなんとか馴染みましたが、村へ入っていったら台湾の生蕃よりましと言えばましというか。まあ、行ってみなさいよ……ハハハ。」

「台湾の生蕃」という言葉に、その浴場にいた人たちは、私だけを除いて皆クックッと笑った。私は黙ってすわっていて、思わず唇をかみしめてみたが、たちこめた湯気に遮られて連中にはよく見えないようだった。

実際のところ、私はいわゆる憂国の志士ではない。自分が亡国民族の一分子だという事実は、自分もたまにははっきりと意識するし、従って苦痛を感じるときがないことはないのだが、今の今まで ― 亡国の一分子となってからすでに七年にもなる今日まで、実際無関心に過ごしてきたし、また、周囲がそのようであって、私としては寛大に放っておいたのである。むしろ小学校時代には日本の教師と衝突して退学し私立の学校に転学するなど、純真な子ども心に愛国心が比較的熱烈にあったけれども、物心つくや東京へ渡った後は、時折気分を害するようなことがあったり、一年

길에, 하관(下關)에서나 부산, 경성에서 조사를 당할 때에는 귀찮기도 하고 분하기도 하지만 그때뿐이요, 그리 적개심이나 반항심을 일으킬 기회가 사실 적었었다. 적개심이나 반항심이란 것은 압박과 학대에 정비례하는 것이요, 또한 활로를 얻는 유일한 수단이다. 그러나 칠 년이나 가까이 동경에 있는 동안에, 경찰관 이외에는 나에게 그다지 민족 관념을 굳게 의식하게 하지 않았을 뿐 아니라, 원래 정치문제에 대해 무취미한 나는, 이때껏 별로 그런 문제로, 머리를 썩여본 일이, 전연(全然)히 없었다 해도 가(可)할 만했다. 그러나 일 년 이 년 세월이 갈수록, 나의 신경은 점점 흥분해가지 않을 수가 없었다. 이것을 보면 적개심이라든지 반항심이라는 것은, 보통 경우에 자동적 이지적이라는 것보다는, 피동적 감정적으로 유발되는 것이다. 다시 말하면 일본사람은, 소소(小小)한 언사와 행동으로 말미암아, 조선사람의 억제할 수 없는 반감을 비등(沸騰)케 한다. 그러나 그것은 결국 조선사람으로 하여금 민족적 타락에서 스스로 구해야 하겠다는 자각을 주는 가장 긴요한 동인(動因)이 될 뿐이다.

지금도 목욕탕 속에서 듣는 말마다 귀에 거슬리지 않는 것이 없지만, 그것은 독약이 고구(苦口)나 이어병(利於病)이라는 격으로, 될 수 있으면 많은 조선사람이 듣고, 오랜 몽유병에서 깨어날 기회를 주었으면 하는 생각이 없지 않다.

……그들은 여전히 이야기를 계속하고 있다.

"그래 촌에 들어가면 위험하진 않은가요?"

처음 간다는 시골자가 또다시 입을 벌렸다.

に何度か帰国する際に下関や釜山、京城で調査を受ける時には面倒くさくもあり怒りも覚えたりしたが、その時だけのことであり、敵愾心や反抗心を起こす機会は事実少なかった。敵愾心や反抗心というものは圧迫や虐待に正比例するものであり、また、活路を得る唯一の手段だ。だが、七年近くも東京にいる間に、警察官以外には、私に、それほど民族的観念を強く意識させるものはなく、元来、政治問題について無関心な私は、これまで、あまりそうした問題に頭を悩ませてみたことが全くなかったと言ってもよかった。だが、一年二年と歳月が過ぎるにつれて、私の神経はだんだんと興奮していかざるをえなかった。こう考えると、敵愾心だとか反抗心といったものは、普通の場合、自動的・理知的というものよりは、受動的・感情的に誘発されるものであるとわかる。言い換えれば、日本人は、ささいな言辞や行動によって朝鮮人の抑制できない反感を沸き上がらせる。だが、それは結局朝鮮人をして民族的堕落からみずからを救わねばならないという自覚を与えるもっとも緊要な動因となるだけだ。

今も風呂場の中で聞く話のひとつひとつが耳障りでないことはないが、良薬は口に苦しの格言のように、できれば、多くの朝鮮人が聞いて、長い夢遊病から目覚める機会になれば、という思いもなくはなかった。

……彼らは相変わらず話を続けていた。

「でも、村に入っていけば危いんじゃないんですか?」

初めて行くという田舎者が再び口を開いた。

“뭘요, 어딜 가든지 조금도 염려 없쇠다. 생번이라 해도, 요보는 온순한 데다가, 도처에 순사요 헌병인데, 손 하나 꼼짝할 수 있나요. 그걸 보면 데라우치(寺内)상이 참 손아귀 힘도 세지만 인물은 인물이야! ”

−매우 감격한 모양이다.

“그래 촌에 들어가서 할 게 뭐예요? ”

“할 것이야 많지요. 어딜 가기로 굶어죽을 염려는 없지만, 요새 돈 모을 것이 똑 하나 있지요. 자본 없이 힘 안 들고…… 하하하.”

“그런 벌이가 어디 있어요?”

촌뜨기 선생은 그 큰 눈을 더 둥그렇게 뜨고, 일종의 기대와 호기심을 가지고 마주 쳐다보는 모양이다.

“왜요? 한 번 해보시려우?”

그는 이렇게 한 마디 충동이며, 무슨 의미나 있는 듯이 그 악독해 보이는 얼굴에, 교활한 웃음을 띠고 한참 마주 보다가,

“시골서 죽도록 땅이나 파먹다가 꺼꾸러지는 것보다는 편하고 재미있습니다.…… 게다가 돈은 쓰고 싶은 대로 쓸 수 있고……”

(…중략…)

“그래 그런 훌륭한 직업이 무엇인데, 어디 있어요?”

이번에는 그 시골자의 동행인 듯한 사람이, 가만히 듣고 있다가 욕탕에서 시뻘겋게 단 몸뚱아리를 무거운 듯이 끌어내며 물었다. 그 자도 물 속에서 불쑥 일어서서 수건을 등 뒤로 넘겨서, 가로잡고 문지르며, 한 번 욕실(浴室)을 휙 돌아다보고, 그 삼인(三人) 이외의 사람들이 자기들의 대화에는 무심히 한 구석에 앉아 있는 것을 살펴 본 뒤에, 안심한 듯이 비로소 소리를 낮추며 입을 벌렸다.

「なあに、何処へ行っても少しも心配はないですよ。生蕃といっても、ヨボはおとなしいし、至る所に巡査や憲兵がいるんで、手ひとつ出せませんやね。こうしてみると、寺内さんはまあ力も強いが人物も人物だね！」―― たいそう感激の様子だ。

「で、村に行って何をするんです?」

「そりゃいろいろですよ。何処へ行っても食いっぱぐれる心配はないが、ここんところ、金になる話がちょうど一つあるんですわ。元手もいらず、苦労することもなく……ハハハ。」

「そんな儲け話がどこにあるんで?」

田舎者の先生は、その大きな目を見開いて、一種の期待と好奇心をもって相手を見つめているらしい。

「何です?　一度、やってみますか?」

彼はこうひと言そそのかしながら、何か意味ありげにその悪そうに見える顔に狡猾な笑いを浮かべてしばし見つめ返していたが、

「田舎で死ぬほど土地をほじくり返してくたばっちまうよりは、楽で面白いですよ。……それに、金も使い放題でさあ……。」

(…中略…)

「で、そんなすごい職業ってのは何なんです? どこにあるんで?」

今度は、これまで黙って聞いていた田舎者の連れらしい男が、湯船から真っ赤になった体を重たそうに引き上げながら聞いた。例の男も、湯からさっと立ち上がり、手ぬぐいを背中にまわしてごしごしこすりながら、一度風呂場をさっと見回して、この三人以外の人々が、自分たちの会話には無関心で隅にすわっているのを確かめてから、安心したように声を低めて口を開いた。

“실상은 쉬운 일이에요. 나도 이번에 가서 해오면, 세번째나 되오마는, 내지의 각회사와 연락해가지고, 요보들을 붙들어 오는 것인데…… 즉 조선 쿠리(苦力)말씀이에요. 노동자요. 그런데 그것은 대개 경상남북도나 그렇지 않으면 함경, 강원, 그 다음에는 평안도에서 모집을 해야 하지만, 그 중에도 경상남도가 제일 쉽습니다. 하하하. ”

그 자는 여기 와서 말을 끊고 교활한 듯이 웃어버렸다.

나는 여기까지 듣고 깜짝 놀랐다. 그 가련한 조선노동자들이 속아서, 지상의 지옥같은 일본 각지의 공장으로 몸이 팔려가는 것이, 모두 이런 도적놈 같은 협잡 부랑배의 술중(術中)에 빠져서 그러는구나 하는 생각을 할 제, 나는 다시 한 번 그 자의 상(相)파닥지를 쳐다보지 않을 수 없었다.

‘옳지, 그래서 이 자의 형이 헌병 군조(軍曹)라는 것을 듣고, 이용할 작정으로 이러는 게로군!’

나는 이런 생각도 하여보며 가만히 귀를 기울이고 앉았었다.

궐자는 벙벙히 듣고 앉아있는 그 두 사람의 얼굴을 등분(等分)해보고 빙긋 웃고 나서, 또 다시 말을 계속한다.

“왜 남선(南鮮) 지방에, 응모자가 많고, 북으로 갈수록 적은고 하니, 이 남쪽은 내지인이 제일 많이 들어가서 모든 세력을 잡기 때문에, 북으로 쫓겨서 남만주로 기어들어가거나, 남으로 현해탄을 건너서거나 두 가지 중에 한 가지 길밖에 없는데, 누구나 그늘보다는 양지가 좋으니까 ‘제미 붙을, 일년 열두 달 죽도록 농사를 지어야 주린 배를 불리긴 고사하고 반년짝은 강냉이나 시래기로 부증(症)이 나서 뒈질 지경이면, 번화한 대판(大阪), 동경으로 나가서, 흥청망청 살아보겠다’ 는

「実は簡単なことですよ。私も、今度行けば三回目にもなるんですが、内地のいろんな会社と連絡を取って、ヨボたちをつかまえてくることなんで……つまり朝鮮クーリー(苦力)ってわけですよ。労働者ですよ。で、それは大概、慶尚南北道か、そうでなけりゃ咸鏡、江原、その次には平安道で募集しなきゃならんのですが、中でも慶尚南道がいちばん簡単ですな……ハハハ」

男はここで言葉を切って、狡猾そうに笑った。

私は、ここまで聞いてぎょっとした。憐れな朝鮮人労働者たちが騙されてこの世の地獄のような日本各地の工場に売りとばされていくのは、みなこんな盗賊のような奴らの術中にはまってのことなのかと思うと、私は、あらためてやつの面構えを見つめずにはいられなかった。

「そうか! それで、この男の兄が憲兵軍曹だと聞いて利用しようと思って こう言っているんだな!」

私はこうも考えながら、じっと耳を傾けてすわっていた。

やつは、ぽかんとして聞いている二人の顔を等分に見やってにかっと笑い、再び話し始めた。

「なんで南の方に応募者が多く、北に行けば行くほど少なくなるのかというと、南の方は内地人がいちばん多く入っていてあらゆる勢力を握ってるんで、北の方に追われて南満州にころがりこむか、南の玄界灘を渡るか、二つのうちひとつしかないんだが、誰もが日陰よりは暖かい日向がいいんで、「糞ったれ、一年十二ヵ月死ぬほど農業をやっても飢えた腹を満たすどころか、半年はトウモロコシや干し菜を食べてむくみが出ちまうようなら、にぎやかな大阪や東京に出て適当に楽しくやろう」と考えて俺も俺もとぜ

수작으로, 나두 나두하고 청을 하다시피 해오는 터인데, 그러나 북선(北鮮) 지방은 인구도 적거니와, 아직 우리 내지인의 세력이 여기같이는 미치지를 못했으니까, 비교적 그놈들은 평안히 살지만, 그것도 미구에는 동냥 쪽박을 차고 나서게 되리다. 하하하."

(廉想涉, 『萬歲前』, 文學과 知性社, 2005)[19]

19) 引用文は 民音社(『廉想涉 全集1』, 1987)をもとに、いくつか漢字語を付記して手を加えたものである。民音社本は、24年に出版されていた単行本の形態で、多くの漢字や古語表記がある。

ひにとやってくるってわけでさ。けど、北の方は、人口も少ないしまだ我々内地人の勢力がここのようには及んでいないから、比較的奴らは平和に暮らしていますがね、それもやがては物乞いの入れものでも下げて出てくるようになるでしょうな。ハハハ。」

（訳：浦川登久恵）

3. 雨の降る品川駅：中野重治

辛よ　さようなら
金よ　さようなら
君らは雨のふる品川駅から乗車する

李よ　さようなら
も一人の李よ　さようなら
君らは君らの父母の国にかえる

君らの国の河はさむい冬に凍る
君らの叛逆する心はわかれの一瞬に凍る

海は夕ぐれなかに海鳴りの声をたかめる
鳩は雨にぬれて車庫の屋根からまいおりる

君らは雨にぬれて君らを逐う日本天皇をおもい出す
君らは雨にぬれて　髯　眼鏡　猫背の彼をおもい出す

ふりしぶく雨のなかに緑のシグナルはあがる
ふりしぶく雨のなかに君らの瞳はとがる

雨は敷石にそそぎ暗い海面におちかかる
雨は君らのあつい頬にきえる

君らのくろい影は改札口をよぎる
君らの白いモスソは歩廊の闇にひるがえる

シグナルは色をかえる
君らは乗りこむ

君らは出発する
君らは去る

さようなら　辛
さようなら　金
さようなら　李
さようなら　女の李

行ってあのかたい　厚い　なめらかな氷をたたきわれ
ながく堰かれていた水をしてほとばしらしめよ
日本プロレタリアートの後ろだて前だて
さようなら
報復の歓喜に泣きわらう日まで

（中野重治,『中野重治詩集』, 岩波書店, 1956）

一部、漢字を新字体にあらためました。

4. 雨傘さす横浜の埠頭(우산 받은 요코하마의 부두)

：林和(임화)の中野重治への答詩

항구의 계집애야! 이국의 계집애야!
도크를 뛰어오지 말아라 도크는 비에 젖었고
내 가슴은 떠나가는 서러움과 내어쫓기는 분함에 불이 타는데
오오 사랑하는 항구 요꼬하마의 계집애야!
도크를 뛰어오지 말아라 난간은 비에 젖어 있다

「그나마도 천기(天氣)가 좋은 날이었더라면?……」
아니다 아니다 그것은 소용 없는 너만의 불쌍한 말이다
너의 나라는 비가 와서 이 도크가 떠나가거나
불쌍한 네가 울고 울어서 좁다란 목이 미어지거나
이국의 반역 청년인 나를 머물게 두지 않으리라
불쌍한 항구의 계집애야 울지도 말아라

추방이란 표를 등에다 지고 크나큰 이 부두를 나오는 너의 사나이도 모르지는 않는다
네가 지금 이 길로 돌아가면
용감한 사나이들의 웃음과 알지 못할 정열 속에서 그 날마다를 보내던 조그만 그 집이
인제는 구두발이 들어나간 흙자국밖에는 아무것도 너를 맞을 것이 없는 것을
나는 누구보다도 잘 알고 생각하고 있다

港の娘よ！　異国の娘よ！
ドックを駆けて来るな　ドックは雨に濡れ
私の胸は　去る悲しみと追われゆく怒りに火と燃えている
おお　愛する港　横浜の娘よ！
ドックを駆けて来るな　欄干は雨に濡れている

「せめて天気がいい日だったら……」
いやいや　それは言っても無駄　おまえに　かわいそうな言葉
おまえの国は　雨が降り　このドックが流されようと
哀れなおまえが　泣きに泣き　かぼそい喉が　はり裂けようと
異国の叛逆青年である私を　ここにおいてはおかないだろう
哀れな港の娘よ泣くのをやめよ

追放という徴《しるし》を背に負い　この大きな埠頭を出てゆくおまえの男も　知らないのではない
おまえが　今　このまま　帰れば
勇敢な男たちの笑いと限りない情熱の中でその日その日を送っていた　あの小さな家が
もはや土足で踏み荒らされた跡のほかはおまえを迎えるものがないことを
私は　誰よりもよく知り　思っている

그러나 항구의 계집애야! 너는 모르지는 않으리라

지금은 <새장 속>에 자는 그 사람들이 다 너의 나라의 사랑 속에 살았던 것도 아니었으며

귀여운 너의 마음 속에 살았던 것도 아니었었다

그렇지만

나는 너를 위하고 너는 나를 위하여

그리고 그 사람들은 너를 위하고 너는 그 사람들을 위하여

어째서 목숨을 맹세하였으며

어째서 눈 오는 밤을 몇 번이나 거리에 새었던가

거기에는 아무 까닭도 없었으며

우리는 아무 인연도 없었다

더구나 너는 이국의 계집애 나는 식민지의 사나이

그러나 오직 한가지 이유는

너와 나 우리들은 한낱 근로하는 형제이었던 때문이다

—후략—

(『카프 시인집』, 열린 책들, 2004)[20)]

---

20) 31年に発刊された『カップ詩人集』は、カップ文学部で企画されたもので、金昌述(김창술), 權煥(권환), 朴世永(박세영), 安漠(안막), 林和の５名の詩が収録されている。引用文は現代語表記に変換した『カップ詩人集』(ヨルリンチェック)に収録されたものである。また、当時『無産者』(1929.5)に翻訳され載っていた 中野重治の詩は『林和全集1, 詩』(キム・ウェゴン(김외곤)編, 357~359頁)で確認することができる。

だが　港の娘よ! おまえも　知らなくはないだろう
今は「鳥かご」の中で眠る彼らが　みなおまえの国の　愛の中で　生きていたのでもなく
愛しいおまえの　心の中に　生きていたのでもなかった

だが
私はおまえのために　おまえは私のために
そして彼らはおまえのために　おまえは彼らのために
どうして命を誓い
どうして雪降る夜を　何度も道端で明かしたのか

そこには何の訳もなく
私たちには　何の縁もなかった
ましておまえは異国の娘　私は植民地の男
しかし　ただ一つの理由は
おまえと私　私たちはひとえに働く兄弟だったからだ
－後略－

（訳：浦川登久恵）

◙1920年代の韓国文学作品の解説◙

「民謡詩」と朝鮮の「玄界灘」

金素月の「つつじの花」、廉想渉の「万歳前」、林和の「雨傘さす横浜の埠頭」

最初に引用した作家は、韓国の伝統詩人に挙げられる金素月(김소월)である。彼の作品には、民話や説話を土台にした伝統的な情緒とリズム、純朝鮮語の駆使が際立っている。20年代の詩壇は伝統情緒と西欧の近代詩形式が衝突していた状況にあったが、素月のケースはこれをよく表している。彼の教育的背景には幼い頃に受けた書堂の伝統的な漢文教育と新教育の経験が共存し、彼が発表した「民謡詩」には、定型的なリズムと西欧の抒情的な自我が共存する。引用作品は、彼の代表作である「つつじの花(진달래꽃)」(1925年)であり、何度か大衆歌謡としても歌われてきたものである。[21)]

“私がいやで行かれるときは　黙ってそっとお送りしましょう”という詩の最初の行は、表面的には離別をきれいに(黙ってそのまま)受け入れるという意味だが、何かあやしい。離別を受け入れる「私」の対応はおとなしくきれいだが、離別の原因は「私がいやで」と提示され、明確な対比をなす。次の行もそうだ。離別の道は綺麗なつつじの花咲く道として描かれているが、自身は「踏まれる」花のように凄絶である。“軽やかに踏んで”という表現が、こうした矛盾の状況をよく表している。伝統民謡であるカシリ(가시리)やアリラン(아리랑)に連関している「つつじの花」は、離別の状況を奇妙な見送りの様式に変奏させている。[22)]

---

21) 2003年に歌手マヤ(마야)のデビューアルバムに載った「つつじの花」は、ロックバージョンの歌で人気を集めた。

22)「つつじの花」の解釈として、柳宗鎬(유종호)の「ニムと家と道」(『同時代の詩と真実』, 民音社, 1982, 58-59頁)参照。金素月や韓龍雲が伝統的な情緒と西欧の抒情を調和させていった様相についてはチョン・ミョンギョ(정명교)の「韓国叙情詩に叙情性の拡大が立ち現れるまで」(『韓国詩学研究』16, 韓国詩学会, 2006, 49-80頁)参照。

宗教的な次元に土台を置き、離別と欠乏をうたった詩もある。僧侶であり詩人としても有名な韓龍雲(한용운)の代表作である「ニムの沈黙」(님의 침묵)(1926年)がそれだ。作品は、「ニム(님)」を対象とする出会いと別れに関する美学を見せている。20年代の作品の中には喪失の情緒がそのまま感情とロマンの過剰にすぎない例も多くあるが[23)]、喪失の情緒が、当時の社会現実と直結していると解明される場合もある。素月の作品には後者の場合を見いだすことができる。彼の詩句、“家なきわが身よ、願わくばわれらにわれらの耕す土地があったなら!”(「願わくばわれらにわれらの耕す土地があったなら(바라건대는 우리에게 우리의 보습대일 땅이 있었다면)」)や、李相和の詩句“今は他人の土地—奪われた土地にも春は来るか”(「奪われた土地にも春はくるか(빼앗긴 들에도 봄은 오는가)」)から伝えられる悲哀は、国権喪失の悲哀と解釈される。

現代史において植民地時期がなかった日本人や、45年の‘光復’後、半世紀以上過ぎた今日の韓国人が、植民地経験を想像することは難しい。廉想渉(염상섭)の「万歳前(만세전)」[24)](1924年)は、現代人が過去を追体験する糸口を与えてくれる作品である。題名である「万歳前」は1919年の3・1万歳運動の前年を意味し、「朝鮮に万歳が起こった前年の冬」が作品の時代的な背景である。3・1運動は、日本の植民統治から独立を宣言する万歳運動としてソウルを起点として全国各地に広がった示威行動である。この示威行動は、日本のいわゆる武断統治から文化統治へと方針を転換させる契機となり、以後、多くの新聞や雑誌、文学同人誌が創刊された。

---

23) その中でも秀作とされる作品として、李相和(이상화)の「私の寝室で(나의침실로)」(1923年)を挙げることができる。羅稲香(나도향)の小説「水車(물레방아)」(1925年)は、退廃的なロマンと官能が際立っている作品である。

24) 〈万歳前〉は何度か改作されたが、解放後の再版本と24年版本とは違いが多い。ここに引用した文学と知性社本は作品の24年版本をもとにした現代語版本である。改作過程については、李在銑(이재선)の「日帝の検閲と〈万歳前〉の改作」(權寧珉:권영민編『廉想渉文学研究』, 民音社, 1987, 280〜296頁)参照。

「万歳前」は作家の初期作中のひとつで、20代前半の朝鮮人日本留学生が主人公である。主人公は、妻が危篤だという電報を受け、東京―下関―釜山―京城の路線を踏み故郷に帰る。そして最後に、早婚という因習的な結婚で結ばれていた妻を弔い、留学当時恋愛感情を分かち合っていたカフェガール「静子」との関係も整理して新しい道を模索しつつ東京へ再出発するのである。引用したのは、下関発釜山行きの船に主人公が乗船し、船中の風呂に入る場面である。その浴場で交わされる日本人たちの会話では、朝鮮の‘オンドル’が紹介され、「元手作り」が並大抵でない朝鮮で結構な儲けになることとして「ヨボたちをつかまえてくること」が紹介される。朝鮮人たちは、台湾の「野蛮族」である‘生蕃’程度に扱われ、「ヨボ」と呼ばれている。日本人たちが語る金稼ぎとは、朝鮮の労働力を日本の工場や炭鉱などへ安値で送り込むことを意味する。彼らの会話を通じて、「一年十二ヶ月の間死ぬほど農業をやっても」「ひもじい腹」をいっぱいにすることも難しい朝鮮の農村の現実も伝えられ、「大阪、東京へ出て面白おかしく暮らしてみよう」という朝鮮人たちの日本の「内地」に対する羨望も伝えられた。「いわゆる憂国の志士」ではないという話者は、帰国旅程の間、しだいに当時の植民地の現実を自覚し、自己中心的思考から抜け出して「社会と自分の関連性」を自覚するに至る。釜山に上陸して町並みの変貌を観察した主人公の、誰のための「二階屋」であり、誰のための「衛生」なのか、という問いは、衛生観念や建築技術として例示される朝鮮近代化の植民地性に対する批判であり、今を生きるのに精一杯で死んだ後の埋葬方式に汲々としている朝鮮人たちを皮肉る場面には、自己覚醒を促す声が込められている。

一方、20年代の文壇を語るのに欠かすことのできない談論がある。社会主義がそれであり、社会の歴史的な現実を把握する重要コードとなった。対外的には、ロシア革命(1917)が成功した後であり、対内的には国内に日本資本が流入し工場労働者が形成され始めた頃である。20年頃から

形成され始めたプロレタリア文学者たちは25年にカップ(KAPF)という団体に統合され、35年、完全に解散されるまで文壇の中心にあった。[25]「大衆」のための文学技術、「プロレタリア階級」の解放のための文学というスローガンを掲げて活動していたカップは、日本の「ナップ」(NAPF)[26]と緊密な影響関係にあった。その一例として二つの作品、中野重治の「雨の降る品川駅」(『改造』,1929.2)と、林和(임화)の「雨傘さす横浜の埠頭(우산 받은 요코하마의 부두)」(『朝鮮之光』, 1929.9)を挙げることができる。林和の詩は、中野に対する応答詩として知られている。中野の作品に登場する「辛」と「金」は、日本から逐われる「朝鮮」人であり、「日本プロレタリアートの前だて後ろだて」と表現されていた。離別の「品川駅」は、林和の詩では「横浜の埠頭」に変えられているが、二つの作品で降りしきる雨は日本人労働者と朝鮮人労働者の連帯に対する弾圧勢力を痛嘆する印象を与えている。

引用した中野の詩は伏せ字だらけの発表当時の作品ではなく、後に改作された形のものであるが、当時東京の思想界を席巻していた社会主義の動向を充分に反映している。詩は、反天皇制、反帝国主義、無産階級解放というテーマが日本内の最下層階級であり植民地の国民である朝鮮人労働者を通して歌われた作品である。[27]中野の詩に比べ林和の作品には「異国の女」と「植民地の男」の別れという状況がもたらす感傷的な熱情が色濃く滲み出ている。林和の代表作には詩集『玄界灘(현해탄)』(1938)があり、当時のプロレタリア詩文学の最高峰と評価されている。

---

25) エスペラント語でKorea Artista Proleta Federatioの略称。朝鮮プロレタリア芸術家同盟。代表的な文学者として、金基鎭(김기진)、安含光(안함광)、金南天(김남천)、朴英熙(박영희)、林和などがいる。31年の1次検挙、34年の2次検挙を経て、カップの活動は相当部分衰弱していった。34年の集団的な2次検挙時には、多くが起訴猶予で釈放され思想的「転向」を強要されることとなった。
26) Nippona Artista Proleta Federatioの略称。全日本無産者芸術連盟。
27) 金允植(김윤식)・キム・ヒョン(김현),『韓国文学史』,民音社, 1997, 270頁.

当時の文学で「玄界灘」は、朝鮮半島の彼方にある日本という西欧的近代のメッセンジャーに対する羨望と絶望をともに含んでいる徴である。「万歳前」の主人公のような民族主義的知識人たち、その主人公が描き出す「売られて行く」朝鮮の労働者たち、『玄界灘』の話者のような知識人たち、皆、玄界灘を渡り、永遠に帰らなかったり、帰ってはきても痛い敗北に泣かなければならない時節だった。[28] 当時の大多数のアジアやアフリカが共有していた植民地経験は、民族解放と階級解放という難しい課題を同時に抱かせたが、2, 30年代の朝鮮の文壇も、いわゆる民族主義陣営と階級解放をうたうカップ陣営が対立を強めた時期である。この時期を代表する作品群としては、李箕永(이기영)の「故郷(고향)」(1934)をはじめとして、間島(白頭山北方の旧満州一帯を指す。植民地期、多くの朝鮮人農民たちが移住した。—訳者註)体験を土台とした姜敬愛(강경애)の「人間問題(인간문제)」(1934)、洪命憙(홍명희)の「林巨正(임꺽정)」などがある。「林巨正」は、16世紀中盤の白丁(朝鮮の被差別民—訳者註)出身の義賊・林巨正を「現代の民衆運動の先駆者」[29] として描いた大河小説である。

林巨正
(이두호)の漫画[30]

(権 裋奎)

28)「ある者はまったく生死も知れない。ある者は痛い敗北に泣いた。」(林和の「玄界灘」より)

29) キム・ジェヨン(김재용), イ・サンギョン(이상경), オ・ソンホ(오성호), ハ・ジョンイル(하정일)『韓国近代民族文学史』, ハンギル社, 1995, 512頁. 1929年から連載が始まった小説は、何度か中断をしながら10余年をかけて書かれても未完の作となった洪命憙の唯一の小説。

30) イドゥホ画伯が描いた長編歴史漫画〈林巨正〉の一場面。91年から連載され始め96年に21巻の単行本として出版された。

第4章

「モダン」の境界から帝国主義協力の問題まで

朴泰遠（박태원 , 1909-1986）
1930 年代、李箱とともに代表的なモダニスト作家として挙げられる。後、世態小説と歴史小説を主に書いた。代表的な筆名は仇甫（丘甫）。ソウル生まれ。京城師範付属普通学校を経て 29 年、京城第一公立高等普通学校を卒業、30 年に日本法政大学予科に入学したが、中退。33 年、九人会に加入して小説家として立つことを志す。代表的な作品集に『小説家仇甫氏の一日』(1933)、長編『川辺の風景』(1938) などがある。朝鮮戦争中に越北し、北側で執筆した『甲午農民戦争』(1977 ～ 1984) は、北側で最高の歴史小説であると評価されている。

李泰俊（이태준 , 1904 ～？）
短篇小説の美学をみせてくれる作家である。号は尚虚。江原道生まれ。幼少のころ父に連れられてウラジオストックへ行くが、父と母が相次いで死亡。21 年、ソウル微文高等普通学校に入学したが、同盟休校主謀者として退学処分。27 年、東京上智大学予科に入学したが、中退。33 年九人会の同人として活躍し、39 年に総合文芸誌『文章』を主幹した。最初の短編集『月夜』(1934) と『烏』(1937)、多数の長編と紀行文『ソ連紀行』(1947) などがある。46 年に越北し、朝鮮戦争が起こると従軍作家として洛東江の戦線まで下ったと伝えられるが、1956 年ごろに粛清されたといわれている。韓国では 88 年の解禁措置以後、本格的に研究され始めた。

金史良（김사량 , 1914 ～ 1950）
張赫宙とともに日本で日本語で小説を発表した代表的な作家であり、民衆の作家として注目されている。本名は金時昌。平南平安生まれ。平壌高等普通学校在学時に同盟休業の主導者として退校となる。以後、日本に渡り 33 年に旧制佐賀高等学校、36 年に東京帝国大学独文科を経て卒業後、42 年まで日本滞留。43 年に帰国し、日本軍の報道班員として北部中国に派遣されたが脱出し、光復とともに帰国。50 年、朝鮮戦争が起こると、人民軍の従軍作家として南下したが行方不明になる。代表作に、40 年、芥川賞候補となった「光の中に」(1939)、「草深し」(1940) などがあり、小説集として『光の中に』（西山書店 ,1940)、『故郷』（甲鳥書林 ,1942) などがある。

尹東柱（윤동주 , 1917 ～ 1945）
李陸史とともに民族詩人として評価されており、自我の内面世界を繊細に描いている。北間島明東の篤実なキリスト教徒の家庭に誕生。1932 年に龍井の恩眞中学校に入学し、36 年に平壌の崇實中学校へ編入。36 年に崇實中学校が廃校になった後、龍井の光明学院に転入した。41 年に延禧専門（現在の延世大学）卒業時に、自費で詩集『空と風と星と詩』を出版しようとしたが果たせず渡日。42 年、立教大学英文科を経て同志社大学英文科に転学した。43 年、朝鮮に帰国する際に、いとこの宋夢奎と共に独立運動容疑を受け逮捕され、2 年の刑を宣告され福岡刑務所に服役したが 45 年 2 月、獄死した。48 年、彼の遺稿を集めて詩集『空と風と星と詩』（正音社）が発刊された。

1.「小説家 仇甫氏の一日」(소설가 구보씨의 1일)

：朴泰遠(박태원)

전차 안에서

구보는, 우선, 제 자리를 찾지 못한다. 하나 남았던 좌석은 그보다 바로 한 걸음 먼저 차에 오른 젊은 여인에게 점령당했다. 구보는, 차장대(車掌臺) 가까운 한구석에 가 서서, 자기는 대체, 이 동대문행 차를 어디까지 타고 가야 할 것인가를, 대체 어느 곳에 행복은 자기를 기다리고 있을 것인가를 생각해 본다.

이제 이 차는 동대문을 돌아 경성운동장 앞으로 해서…… 구보는, 차장대, 운전대로 향한, 안으로 파아란 융을 받쳐 댄 창을 본다. 전차과(電車課)에서는 그곳에 '뉴스'를 게시한다. 그러나 사람들은 요사이 축구도 야구도 하지 않는 모양이었다.

장충단으로. 청량리로. 혹은 성북동으로…… 그러나 요사이 구보는 교외(郊外)를 즐기지 않는다. 그곳에는, 하여튼 자연이 있었고, 한적(閑寂)이 있었다. 그리고 고독조차 그곳에는, 준비되어 있었다. 요사이, 구보는 고독을 두려워한다.

일찍이 그는 고독을 사랑한 일이 있었다. 그러나 고독을 사랑한다는 것은 그의 심경의 바른 표현이 못 될 게다. 그는 결코 고독을 사랑하지 않았는지도 모른다. 아니 도리어 그는 그것을 그지없이 무서워하였는지도 모른다. 그러나 그는 고독과 힘을 겨루어, 결코 그것을 이겨 내지 못하였다. 그런 때, 구보는 차라리 고독에게 몸을 떠맡겨 버리고, 그리고, 스스로 자기는 고독을 사랑하고 있는 것이라고 꾸며왔었는지도 모를 일이다……

電車の中で

仇甫は、まず、自分の席を見つけることができない。一つ残っていた座席は、彼より今まさに一足早く電車に乗りこんだ若い女に占領されてしまった。仇甫は、車掌台近くの片隅に立って、自分はいったい、この東大門行きの電車をどこまで乗って行くべきかを、いったいどこで幸福は自分を待っているだろうかを考えてみる。

電車は、東大門を過ぎ京城運動場前を通り……仇甫は、車掌台、運転台に面した、内側が青いフェルトで裏打ちされた窓を見る。電車課ではそこにニュースを掲示する。だが、人々はこの頃サッカーも野球もしないようだった。

奨忠壇へ。清涼里へ。あるいは城北洞へ……。だが、このところ仇甫は郊外を楽しめなかった。そこには、とにかく自然があり静けさがあった。そして孤独さえそこには、準備されていた。このところ仇甫は孤独を恐れている。

かつて彼は孤独を愛したことがあった。だが、孤独を愛したというのは、彼の心境を正しく表現することにならないだろう。彼は決して孤独を愛してはいなかったのかもしれない。いや、むしろ彼はそれを限りなく恐れていたのかもしれない。しかし彼は孤独と力を競い合い、決してそれに打ち勝てなかった。そうしたとき、仇甫はいっそ孤独に身を預けてしまい、そして自ら自分は孤独を愛しているのだと装ってきたのかもしれないのだ……

표, 찍읍쇼-차장이 그의 앞으로 왔다. 구보는 단장을 왼팔에 걸고, 바지 주머니에 손을 넣었다. 그러나 그가 그 속에서 다섯 닢의 동전을 골라내었을 때, 차는 종묘 앞에 서고, 그리고 차장은 제자리로 돌아갔다.

구보는 눈을 떨어뜨려, 손바닥 위의 다섯 닢 동전을 본다. 그것들은 공교롭게도 모두가 뒤집혀 있었다. 대정(大正)12년, 11년, 11년, 8년, 12년, 대정 54년-, 구보는 그 숫자에서 어떤 한 개의 의미를 찾아내려 들었다. 그러나 그것은 부질없는 일이었고, 그리고 또 설혹 그것이 무슨 의미를 가지고 있었다 하더라도, 그것은 적어도 '행복'은 아니었을 게다.

차장이 다시 그의 옆으로 왔다. 어디를 가십니까. 구보는 전차가 향하여 가는 곳을 바라보며 문득 창경원에라도 갈까, 하고 생각한다. 그러나 그는 차장에게 아무런 사인도 하지 않았다. 갈 곳을 갖지 않은 사람이, 한번, 차에 몸을 의탁하였을 때, 그는 어디서든 섣불리 내릴 수 없다.

차는 서고, 또 움직였다. 구보는 창 밖을 내다보며, 문득, 대학병원에라도 들를 것을 그랬나 하여 본다. 연구실에서, 벗은, 정신병을 공부하고 있었다. 그를 찾아가, 좀 다른 세상을 구경하는 것은, 행복은 아니어도, 어떻든 한 개의 일일 수 있다……

구보가 머리를 돌렸을 때, 그는 그곳에, 지금 마악 차에 오른 듯싶은 한 여성을 보고, 그리고 신기하게 놀랐다. 집에 돌아가, 어머니에게 오늘 전차에서 '그 색시' 를 만났죠 하면, 어머니는 응당 반색을 하고, 그리고 "그래서 그래서," 뒤를 캐어 물을 게다. 그가 만약, 오직 그뿐이라고라도 말한다면, 어머니는 실망하고, 그리고 그를 주변

切符、切りますよ—車掌が彼の前に来た。仇甫はステッキを左腕にかけてズボンのポケットに手を入れた。だが、彼がその中から銅銭を五枚取り出したとき、電車は宗廟前に止まり、車掌は自分の場所へ戻っていった。

仇甫は目を落とし、手のひらの上の五銭銅貨を見る。それらは偶然にもすべて裏返しだった。大正12年、11年、11年、8年、12年。大正54年—、仇甫はその数字から何かひとつの意味を見つけ出そうとした。だがそれは意味のないことであり、そしてまた、たとえそれが何かの意味をもっていたとしても、それは少なくとも「幸福」ではなかったであろう。

車掌が再び彼の横に来た。どこに行かれますか。仇甫は電車が向かって行くところを眺めながら、ふと昌慶苑にでも行くか、と考えた。だが彼は車掌に何のサインも出さなかった。行くところをもたない人間がひとたび電車に身を委ねるとき、彼はどこだろうが迂闊に降りることができない。

電車は止まり、また動いた。仇甫は窓の外を眺めながら、ふと、大学病院にでも寄ればよかったと考えてみる。研究室で、友は、精神病を研究していた。彼を訪ねて、少し違った世の中を見物することは、幸福ではなくとも、とにかくひとつの用事にはなる……

仇甫が頭を回して周りに目をやったとき、彼はそこに、たった今電車に乗ったらしい女性を見て、不思議に感じた。家に帰って、母に、今日電車で「あの娘」に会った、と言えば、母は必ず喜んで、「それで、それで」と根ほり葉ほり聞くはずだ。彼がもし、見かけただけだと言おうものなら、母はがっかりし、そして

머리 없다고 책할지도 모른다. 그러나 누가 그 일을 알고, 그리고 아들을 졸(拙)하다고라도 말한다면, 어머니는, 내 아들은 원체 얌전해서…… 그렇게 변호할 게다.

구보는 여자와 시선이 마주칠까 겁(怯)하여, 얼토당토 않은 곳을 보며, 저 여자는 내가 여기 있는 것을 보았을까, 하고 생각한다.

(朴泰遠 短篇選,『小說家 仇甫 씨의 一日』, 文學과 知性, 2005, 98~100.)[31)]

31) 引用本の責任編集者は チョン・ジョンファン(천정환), 基準版本は『聖誕祭』(乙酉文化社, 1948) に収録されている形態である。

彼を要領が悪いと叱るかもしれない。だが、誰かがそのことを知って息子のことをなってないと貶そうものなら、母は、うちの息子はもともと真面目なので……と、こう弁護するだろう。

仇甫は女と視線が合うかと恐れてまったく別のところを見ながら、あの女は自分がここにいるのを見ただろうか、と考えた。

（訳：浦川登久恵）

2.「農軍」(농군) : 李泰俊(이태준)

장자워푸(姜家窩柵), 눈이 모자라게 찾아보아야 한두 집, 두세 집, 서로 눈이 모자랄 거리로 드러난다. 이런, 어느 두세 집이 중심이 되어 장자워푸란 동네 이름이 생겼는지 알 수 없다. 산은커녕 소 등어리만한 언덕도 없다. 여기 와 개간권 운동을 해 가지고 황무지를 사기 시작하는 조선 사람들도 처음에는 어디를 중심으로 하고 집을 지어야 할지 몰랐으나 차차 자기네의 소유지가 생기자 그 땅 한쪽에 흙을 좀 돋우고 돌 하나 없는 바닥에다 돌 주초 하나 없이 청인에게서 백양목 따위 생나무를 사다가 네 귀 기둥만 세우면 흙으로 싸올리는 것이, 근 삼십 호 늘어앉게 된 것이다. 그래서 이제는 장자워푸라면 이 조선 사람들 동네가 중심이 되었다.

창권이네가 온 것도 여기다. 창권이네도 중국옷을 입은 황채심이가 시키는 대로 황무지 십오 상(十五晌, 約三萬坪)을 삼백 원을 내고 샀다. 그리고 이십 리나 가서 밭머리에 선 백양목을 사서 찍어다 부엌을 중심으로 하고 양쪽에다 캉(걸어앉을 정도로 높은 온돌)을 만들었다. 그리고 채심이가 시키는 대로 좁쌀을 열 포대, 옥수수 가루를 다섯 포대 사고, 소금을 몇 말 사고, 겨우내 땔 조, 기장, 수수 따위의 곡초를 산더미처럼 두어 낟가리 사서 쌓고, 공동으로 사온 볍씨 값을 내고, 봇도랑을 이퉁허(伊通河)란 내에서 삼십 리나 끌어오는 데 쿨리(苦力, 그곳 노동자) 삯전으로 삼십 원을 부담하고, 그리고는 빈손으로 날마다 봇도랑 째는 것이 일이 되었다.

姜家窩柵、懸命に探してみてようやく、一・二軒、二・三軒の家が、ぽつんぽつんとなんとか目に入る程度に現れた。こうした二、三の家が中心になって姜家窩柵という村の名前が生まれたのかどうかはわからない。山はおろか、牛の背ほどの丘もない。ここに来て開墾権運動をし、荒れ地を買い始めた朝鮮人たちも、初めはどこを中心にして家を建てるべきかわからなかったが、次第に自分たちの所有地ができると、その土地の一角に土を少し盛り上げて、石一つない平地に礎石一つなく、清人から白揚(ドロヤナギ)などの生木を買って四隅に柱だけを建てて土で囲ってあるのが、だいたい三十戸ほど並ぶようになった。そして、今や姜家窩柵といえば、この朝鮮人の村が中心となっていた。

チャンゴン一家がやって来たのもここだ。チャンゴン一家も、中国服を着たファン・チェシムが言うとおりに、荒れ地十五晌(約三万坪)を三百円出して買った。そして二十里ほど行き畑の畝の隅に立っていた白揚を買って切ると、台所を中心として両側にカン(腰掛けることができるくらいの高さのオンドル)を作った。そして、チェシムが言うとおりに、粟を十袋、トウモロコシの粉を五袋買い、塩を何升か買って、冬中炊くことになる粟、黍、モロコシなどの穀草をふた山ほど買って積み上げ、共同で買ってきた種籾の代金を払って、用水路を伊通河という川から三十里ほど引いてくるのにクーリー(苦力、労働者)を30円の賃金で雇って、無一文で日ごと用水路を堀るのが仕事となった。

깊은 겨울엔 땅 속이 한 길씩 언다. 얼기 전에 삼십 리 대간선(大幹線)은 째어 놓아야 내년 봄엔 물이 온다. 이것을 실패하면 황무지엔 잡곡이나 뿌릴 수밖에 없고, 그 면적에 잡곡이나 뿌려 가지고는 그 다음해 먹을 수가 없다.

창권이넨 새로 와서 지리도 어둡고, 가역도 끝나기 전이라 동네에서 제일 가까운 구역을 맡았다. 한 삼 마장 길이 되는 대간선의 끝 구역이었다. 그것을 쿨리 다섯 명을 데리고, 너비 열두 자, 깊이 다섯 자로, 얼기 전에 뚫어 놔야 한다. 여간 대규모의 수리공사(水理工事)가 아니다. 창권은 가역 때문에 처음 얼마는 쿨리들만 시키었으나, 날이 자꾸 추워지는 것이 겁나 집일 웬만한 것은 어머니와 아내에게 맡기고 봇도랑 내는 데만 전력하였다.

(…중략 …)

이 장자워푸를 수십 리 둘러 사는 토민들이 한덩어리가 되어 조선 사람들이 봇동 내는 것을 반대하는 것이었다.

반대하는 이유는 극히 단순한 것이었다. 봇동을 내어 논을 풀면 그 논에서들 나오는 물이 어디로 가느냐? 였다. 방바닥 같은 들이라 자기네 밭에 모두 침수가 될 것이니 자기네는 조선사람들 때문에 농사도 못짓고 떠나야 옳으냐는 것이다. 너희들도 그 물을 끌어다 벼농사를 지으면 도리어 이익이 아니냐 해도 막무가내였다. 자기넨 벼농사를 지을 줄도 모르거니와 이밥을 못 먹는다는 것이다. 고소하지도 않을 뿐 아니라 배가 아파진다는 것이다. 그럼 먹지는 못하더라도 벼를 장춘으로 가지고 가 팔면 잡곡을 몇 배 살 돈이 나오지 않느냐? 또 벼농사를 지을 줄 모르면 우리가 가르쳐 줄 터이니 그대로 해 보라고 하

真冬には、土の中が一尋ずつ凍る。凍る前に三十里の大幹線は掘っておかないと、来年の春に水はこない。これに失敗すれば、荒れ地には雑穀でも蒔くほかなく、この面積に雑穀を蒔いては次の年は食べることができない。

チャンゴン一家は、やってきたばかりで地理にも暗く、家作りが終わる前になって村にいちばん近い区域を任された。およそ三十マジャン の長さになる大幹線の端の区域だ。これをクーリー五人を連れて幅十二尺、深さ五尺に、凍る前に掘っておかくてはならない。並大抵の規模の水理工事ではない。チャンゴンは、家の仕事のために、初めはクーリーだけにさせていたが、日増しに寒さが厳しくなるのをおそれて家のだいたいのことは母と妻に任せて用水路を作ることだけに全力をあげた。

(…中略…)

この姜家窩棚を数十里取り囲んで住んでいる土民たちが一団となって朝鮮人たちが用水路を築くことに反対しているのだった。

反対する理由は、至極単純なことだった。用水路ができ、水田をつくれば、田に引かれた水はどこに行くか、というのだ。平らな床のような野なので、自分たちの畑がすべて浸水してしまう、自分たちは朝鮮人のために農事ができなくなり、土地を離れなければならないのか、というのだ。お前たちもその水を引いて米作りをすれば、むしろ利益になるのではないか、と言っても頑としてきかない。自分たちは米の作り方を知らないし、白いご飯は食べないというのだ。香ばしくないばかりか、お腹が痛くなるという。では、食べられなくても稲を長春へ持っていって売れば、雑穀を何倍も買う金になるのではないか、また、米の作り方を知らないのなら、我々

여도 완강히 반대로만 나가는 것이었다. 그리고 조선 사람이 칼이나 낫으로 덤비면 저희에게도 도끼도 몽둥이도 있다는 투로 맞서는 것이다.

조선 사람들은 일을 계속하기가 틀렸다. 쿨리들이 다 달아났다. 땅이 자꾸 얼었다. 삼동 동안은 그냥 해토되기만 기다리는 수밖에 없고, 해토가 된다 하여도 조선 사람들의 힘만으로는, 못자리는 우물물로 만든다 치더라도, 모 낼 때까지 봇물을 끌어오게 될지 의문이다.

그러나 이 봇동 이외에 달리 살 길은 없다. 겨울 동안에 황채심과 몇몇 이곳 말 잘하는 사람들은 나서 이웃 동네들을 가가호호 방문하였다. 봇동을 낸다고 물을 무제한으로 끌어 오는 것이 아니요, 완전한 장치로 조절한다는 것과 조선서는 봇물이 오면 수세를 내면서까지 밭을 논으로 만든다는 것과 여기서도 한 해만 지어 보면 나도 나도 하고 물이 세가 나게 될 것과 우리가 벼농사 짓는 법도 가르쳐 주고, 벼만 지어 놓으면 팔기는 우리가 나서 주선해 줄 것이니 그것은 서로 계약을 해도 좋다고까지 역설하였으나 하나같이 쇠귀에 경읽기였다. 뿐만 아니라 어떤 동네에선 사나운 개를 내세워 가까이 오지도 못하게 하였다.

조선 사람들은 지칠 대로 지치고 악만 남았다.

추위는 하루같이 극성스럽다. 더구나 늦게 지은 창권이네 집은 벽이 모두 얼음장이 되었다. 그냥 견딜 수가 없어 방 안에다 조짚을 엮어 둘러쳤다. 석유도 귀하거니와 불이 날까 보아 등잔도 별로 켜지 못했다. 불 안 켜는 밤이면 바람 소리는 더 크게 일어났다.

が教えてやるからそのとおりにしてみろと言っても、頑強に反対するのみだった。そして、朝鮮人が刀や鎌でかかってきたら、自分たちにも斧や棍棒があるという風に向かってくるのである。

朝鮮人らは仕事を続けることができなくなった。クーリーたちも、皆逃げていった。土地は、凍り付いた。数ヶ月もの冬の間は、そのまま土地が解けるのを待つほかなく、解けたとしても、朝鮮人だけの力では、苗代を井戸水で作ったとしても田植えまでに堰の水を引いてくることができるのか疑問だ。

だが、この用水路のほかに生きる道はない。冬の間、ファン・チェシムと何名かのここの言葉ができる者たちは、近隣の村々を一軒一軒訪ねた。用水路を作っても無制限に水を引いてくるのではなく、しっかりした装置で調節することと、朝鮮では水がくるとなれば水税を払ってまで畑を田に変えることや、ここでも一年たてば我も我もと水に税を払うようになることや、我々が米作りを教え、稲さえ実れば売るのは我々が斡旋し、互いに契約してもいいとまで力説したが、一様に馬の耳に念仏という有様だった。それればかりか、ある村では気性の荒い犬を前に立たせて、近くに行くこともできないようにされた。

朝鮮人たちは、疲れ果てやけになるばかりだった。

寒さは、変わりなくすさまじかった。しかも後から建てたチャンゴンの家は、壁がすべて凍ってしまった。そのままでは我慢ができず、部屋の中をわらを編んで囲った。石油も貴重だし、火が出るといけないので、明かりもあまり点けることができなかった。明かりのない夜には、風の音がより大きく聞こえた。

창권이 할아버지는 물을 갈아 먹어 낫기는커녕 추위 때문에 기침이 더해졌다. 장근 두 달을 밤을 새더니 그만 자리 보전을 하고 눕고 말았다. 하 추우니까 인전 조선 나가는 차에까지 내다 실어 달라는 성화도 못하고 그저 불만 자꾸 더 때 달라다가, 또 머루를 달여 먹으면 기침이 좀 멎는 법인데, 머루만 좀 구해 오라고 아이처럼 조르다가, 섣달 그믐을 못 채우고 눈보라 제일 심한 날 밤, 함경도 사투리하는 노인, 경상도 사투리하는 노인, 평안도 사투리하는 이웃 노인들에게 싸여, 오래간만에 돋아 놓은 석유 등잔 밑에서 별로 유언도 없이 운명하고 말았다.

(李泰俊 文學全集2,『돌다리』, 깊은샘, 1995)[32)]

32)「農軍」は 1939年 7月『文章』に連載された作品である。引用したキップンセム本は、李泰俊の 短篇集『石橋』(1943)をもとにした現代語本である。

チャンゴンの祖父は、水が変わってよくなるどころか、寒さのために咳がよりひどくなった。二ヶ月ばかり眠れぬ夜が続くと、そのまま寝込んでしまった。あまりにも寒いので、朝鮮に行く汽車に乗せて行ってほしいと駄々をこねることもせず、ただ火をもっと焚いてくれとしきりにせがんだ。また、山葡萄を煮詰めて飲めば咳が少し収まるはずだから、山葡萄だけをちょっと取ってきてくれと子どものようにねだったが、大晦日を迎えることもなく、吹雪がいちばん激しい晩に、咸鏡道言葉をしゃべる老人、慶尚道言葉をしゃべる老人、平安道言葉をしゃべる隣人の老人たちに囲まれながら、久しぶりに点けられた石油の灯りの下でこれといった遺言もなく世を去ってしまった。

（訳：浦川登久恵）

3.「草探し」: 金史良(김사량)

畳々と幾重にも深い山に囲まれたこんな僻邑の会堂で、旧師の鼻かみ先生を再び見ることになろうとは、朴仁植は夢にも思っていなかった。郡守の叔父が一堂に狩り集められた山民達を前にして、所謂色衣奨励の演説をやるために重々しく演壇に現れた時、彼の後からひょこひょこ吹かれるように、ついて出て来た首のひょろ長い通訳係りの五十爺が、まがいもない中学時代の鼻かみ先生だったのだ。意外な驚きに仁植は気息を凝して目を瞠ったが、何しろ次の瞬間ぞくぞくと胸にこたえて来る何物かに突き当たった。やはり先生は昔のように片手にハンケチを持って赤い鼻をしきりにふいている。ただそのハンケチが昔のより遥かによごれているだけだった。

叔父は一群の長として朝鮮語を用いては威信に関すると思いこんでいるので、鼻かみ先生が代って彼の日本語を朝鮮語で通訳するという訳である。ここへ来て仁植は、叔父が日本語等一切知らない、若い妾に向ってさえ、いかにも得意げにそれが又大変な日本語でまくしたてるのを何度も見ているので、彼が誰一人日本語を知ろう筈もない山民達に向って、態々通訳者を伴い全く哀れな程へんちくりんな日本語の演説をやるという事実に対しては、別段驚きもしなかった。けれども仁植はでっぷり肥った叔父の傍に鼻かみ先生がおずおず立って顔を赤くしたり、鼻をハンケチで押えたりしている光景を見ては、さすがにたえかね「ほうあの先生が……全く悲劇だ」と呟いた。仁植にとっては自分と並々ならぬ交のある旧師をこんな場所で見出すことは大きな驚きであるばかりでなく、確かに何とも云えない悲しいことに違いなかった。中学時代でのことがいろいろと彼の熱した頭の中でぐるぐる渦を巻き始める。唇をひき結んで腕を組みながら彼はじっと演壇を眺めた。鼻かみ先生はハンケチを片手に丸めて握ったまま、心持ち目をつぶるようにして郡守の云う言葉をひとつも聞き落とすまいと気張っている。

「ええと、ちゅまり吾人は白い着物を廃止して、色を染めだ着物を着用せねばならんのである」と叔父は胸を張って泰然と後手をし御自慢の弁舌をふるっている。「朝鮮人が貧乏になったのは白い着物を着用したがらである。経済的にも時間的にも不経済なのである。即ち白い着物は早ぐ汚れるから金が要り、洗うのに時間ががるのである」

腰を屈めて這いつくばっているみすぼらしい山民達は口をぽかんと開けて、何を云っているのだろうかと物珍しそうに眺めている。叔父は一くぎり言い終ると、昂然と一同を見廻し一寸口髯をしごいてみせた。すると今度は鼻かみ先生が水洟をしきりに拭いながら朝鮮語で通訳し出す。その声が五六年前よりは確かにふるえを帯びておろおろしているように思われる。だがそういうことに対する感傷は別として、仁植はひとりでの昂奮のために焦立たしさのため、胸の中がわくわくふるえてほんの少しの間もいたたまらないように気苦しかった。元来彼がこの山邑へはいって来たのは、山々の奥深く棲んでいる火田民達の疾病を調べるため、目的の両斧山へ行くついでに立ち寄ったまでなのだ。だが彼はこの地へ来てからは毎日不思議な気がしてならない。何だか救われぬ人々のお伽噺の国に迷い込んだようである。真実の所、ここに集ってる人々にとっては、着物は白であろうが黒であろうがどっちにしてもいいではないか、全く莫迦莫迦しいと仁植は強く反発の念を覚えた。むろん彼は経済的な見地からも又衛生上の点からも、色衣奨励という方策には不賛成ではないにしても、打見た所、そこには白い着物をまとったものは一人もなく、彼等のよれよれの服装は何年間も着とおしているらしく囚服のように土色ではないのか。それに会堂の中で浮立つような白い服といえば、演壇の傍の腰掛けにしゃあんと坐っている内務主任のリンネルの夏服位のものである。ただ上官庁の命令だからといって、叔父はこういう朝に食うものなき人々を集めて一体何を云おうとするのだろう。一人は意気揚々と胸を突き出して日本語で喋り立てるかと思うと、又昔自分を中学校で教えていた先生は恐縮して通訳をする。全く山民達に対して残酷なような気がしてならなかった。

（初出は、『文藝』、一九四〇年七月号）

金史良は、東京帝国大学ドイツ文学科の卒業論文を提出した1939年1月、平壌の鶏里の山亭峴の教会堂で崔昌玉と結婚した。その次の年、彼の小説「光の中に」は芥川賞の候補作として選ばれた。写真は妻と子供の家族写真。

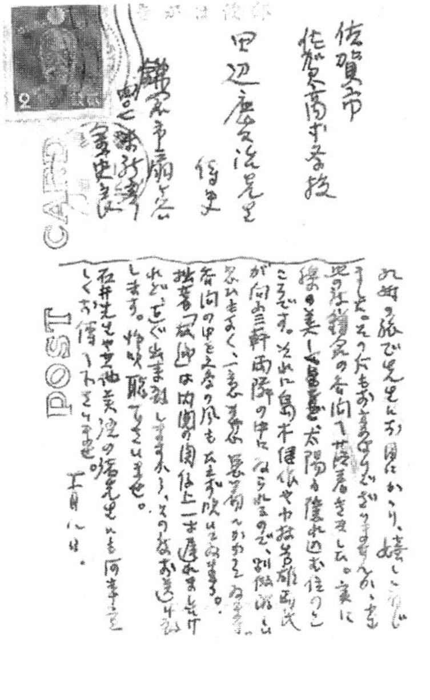

金史良は1933年旧制佐賀高等学校文科乙類に入学して、短編「土城廊」などを書いた。葉書は佐賀高等学校時代の先生へ送ったものである。

4.「序詩」(서시)：尹東柱(윤동주)

죽는 날까지 하늘을 우러러
한 점 부끄럼이 없기를,
잎새에 이는 바람에도
나는 괴로워했다.
별을 노래하는 마음으로
모든 죽어가는 것을 사랑해야지
그리고 나한테 주어진 길을
걸어가야겠다.

오늘 밤에도 별이 바람에 스치운다.

(홍장학,『定本 尹東柱 全集 原典 研究』, 文學과 知性, 2004)[33]

33) 尹東柱の肉筆詩稿は『寫眞版 尹東柱 自筆 詩稿 全集』(ワン・シニョン：왕신영、シム・ウォンソブ：심원섭, 大村益夫, ユン・インソク：윤인석編, 民音社, 1999, 140頁)で確認することができる。尹東柱の自選詩集『空と風と星と詩』には、序文的にタイトルなしで収録されている。

死ぬ日まで天を仰ぎ
一点の恥なきことを、
葉あいにそよぐ風にも
私は心苦しんだ。
星をうたう心で
すべての死にゆくものを愛さねば
そして　私に与えられた道を
歩きゆかねば。

今宵も　星が風に吹かれている。

（訳：浦川登久恵）

◙1930年代～1945年の韓国文学作品解説◙

「モダンの境界」から「日帝協力の問題」まで

ー朴泰遠の〈小説家仇甫氏の一日〉、李泰俊の〈農軍〉、金史良の〈草深し〉、尹東柱の〈序詩〉

30年代の文壇は、実り豊かである。階級主義イデオロギーというような言説が退けられ、本格的な戦時体制に突入する前の日本の文壇が一時的に「文芸復興」の時期を迎えたように、朝鮮の文壇もやはり活発に動いた。30年代中盤に入ると、近代教育を受けた識者層や日本留学を経験した新人作家たちが大挙登場した。韓国文学の代表者として挙げられる金東里(김동리)や、徐廷柱(서정주)が、「新人」としてデビューするのもこの時期である。もっとも際立った傾向は「モダニズム」であり、代表的な作家として朴泰遠(박태원)、鄭芝溶(정지용)、李箱(이상)、金起林(김기림)などがいる。[34] 作家の個性はそれぞれ違うが、近代文明と新しい語法に対する感覚と洞察の鋭さを見せてくれる彼らである。当時の植民地朝鮮の首都である京城では、近代的な文化生活を享受するモダンガール・モダンボーイの姿を眼にするのはそれほど難しいことではなかった。[35]

最初の作品は、朝鮮第一の都市・京城を独特な感覚で捉えた朴泰遠(박

---

34) これら作家たちの代表作として、鄭芝溶の故郷詩「郷愁(향수)」、李箱の自伝的な短篇「翼(날개)」を挙げることができる。崔載瑞(최재서)と金起林は当時の代表的なモダニズムの理論家である。韓国文学のモダニズム研究史については、チャ・ヘヨン(차혜영)の「韓国文学の近代性とモダニズムに関する研究史を読みなおす」(『民族文学史研究』16号, 民族文学史研究所, 2000, 77-100頁)参考のこと。

35) 「西欧式の近代化」だけが「近代化」の唯一の道で、「植民地的近代化」はその歪曲だと考える論法には問題がある。「植民地近代化」に関する最近の論議として『解放前後史の再認識1,2』(パク・チヒャン(박지향), キム・チョル(김철) ,キム・イルヨン(김일영),イ・ヨンフン(이영훈)編, チェクセサン, 2006), 『近代を読みなおす1,2』(ユン・ヘドン(윤해동),チョン・ジョンファン(천정환), ホ・ス(허수), ファン・ピョンジュ(황병주), イ・ヨンギ(이용기), ユン・デソク(윤대석)編, 歴史批評社, 2006)参考。

태원）の短篇「小説家仇甫氏の一日(소설가 구보씨의 일일)」(1934)である。主人公である仇甫は、東京留学を終えてもこれといった職業につくことができない状態だが、小説創作に信念をもっている人物である。小説は、主人公仇甫が鐘路十字路、ソウル駅、喫茶店、酒場などを徘徊して家に戻る一日を描いている。引用部分は、電車に乗っているのだが、はっきりとした行き先を決められずまごまごしている仇甫の姿である。電車や駅、喫茶店などは、匿名の群衆が結集する近代的な空間である。仇甫は、どこにいても「孤独」であり、どこにいても「自分の場所」を見つけられない。彼の彷徨は孤独な近代人の姿を反映し、当時の「植民地朝鮮で小説家として生きること」[36]に対する苦悩を反映している。朴泰遠は、この小説がきっかけとなって'仇甫'という雅号を得た。

モダニズム文学が都市と近代というモチーフをもっていたとすれば、二番目に引用した李泰俊(이태준)の「農軍(농군)」では「モダン」とはほど遠い農村の現実が描かれている。当時、朝鮮はモダニズムが胎動を始めるほどの社会経済的な基礎が確立したように見えるが、実際は、前近代的な社会から抜け出せないという現実があった。農村の風景は両極端である。少数の富農と大多数の貧農。高利貸しを営みながら、資本主義的で植民的な秩序に編入、結託していく富農の姿は、蔡萬植(채만식)の「太平天下(태평천하)」[37] (1938) に戯画化されている。反面、「農軍」(1939)の主人公は、飢えるしかない故郷を離れ、満州など北方へ発っていった朝鮮の農民

---

36) ソ・ウンジュ(서은주)「孤独を通した幸福への熱望―小説家を主人公とした小説を対象に」(カン・ジノ(강진호)、リュ・ボソン(류보선)、イ・ソンミ(이선미)、チョン・ヒョンスク(정현숙)他『朴泰遠小説研究』, 깊은샘, 1995, 326頁)「考現学」の概念(金允植(김윤식))や「散策者」理論(チェ・ヘシル(최혜실))などの先行研究も紹介されている。(313-318頁)

37) 植民地期のブルジョアの一類型といえる主人公ユン・ジゴン、彼が享受する「太平天下」の光と影が、作家の巧みな全羅道方言によって形象化された作品である。

たちである。[38] 彼らの2世、3世は、今、中央アジアの高麗人や中国の朝鮮族となり、歴史の証言者となっている。

小説の舞台である満州(中国東北部)の「姜家窩柵」は、満州に行った朝鮮人たちが形成した部落である。姜家窩柵に到着したチャンゴン一家は、稲作を始めるために「水路」を引こうとし、中国人たちは自分たちの畑が使い物にならなくなるといって水路工事をやめさせようとする。中国人は中国人で朝鮮人たちは朝鮮人で、切迫した対決を辞さず、その渦中に満州ドリームを夢見ていたチャンゴンの祖父はこの地で病死してしまう。小説は、朝鮮農民たちの哀感と満州ドリーム、移住の歴史を描いた短篇力作として知られている。ところで、満州を舞台にした小説を読むとき考慮しなければならない点があるが、それは、日本が32年に樹立した「満州国」の存在である。満州に移住して行った朝鮮人たちの法的地位は、中国人と日本人の間に挟まれ、支配と被支配の構図が複雑に絡み合っていたのである。[39]

三番目に引用した金史良(김사량)の「草深し」(1940)には、「火田民」が登場する。彼らは、土地もなく家も持たず山中を転々と移動していく人々である。引用は、作品の最初の場面で、山の民に「白衣」に代わり「色衣」を奨励する総督府の方針を郡守が演説している場面である。この最初の場面から、主人公の複雑な心境が描かれている。「内地語」である日本語を知らない彼らに下手な日本語で自慢気に演説する郡守は、主人公の叔

38) 李庸岳(이용악)の詩「古い家(낡은 집)」(1937)に出てくる家族たちが逃げるようにして向かったのも「北方」である。“この家に住んでいた７人の家族がどこかへ消えて　次の日の朝　北へ向かった足跡だけ　雪の上に　残されていた”李庸岳は徐廷柱、呉章煥(오장환)とともに当時の詩壇の三才と呼ばれていた詩人。

39) 小説が、満州国樹立以前を背景としている点、小説とその先行資料である随筆「満州紀行」との対比が論争の的となっている。参考資料として、キム・チョル「没落する新生—『満州』の夢と『農軍』の誤読」(『解放前後史の再認識』, 479-523頁)

父であり、叔父の演説を朝鮮語に訳す末端官吏は自身の中学校の恩師であった「鼻かみ先生」だ。そして、演説を聞いている人々はもはや「白衣」とはいえない「土色」に変色した服を着た貧しい朝鮮人たちである。演説場で「目につく白い服」は、日本人官吏の「リネンの夏服」くらいでしかない。主人公は、「感傷的なエゴイズム」で、農村奉仕活動をしようとやってきた大学生で、「何か救いがたい人々の昔話の中の国」のような朝鮮の山奥の話を紡ぎ出す話者である。

鼻かみ先生は、日本人の先生の下僕程度にすぎない情けない朝鮮語の先生であったが、月日が流れ、「末端官吏」となって主人公の目の前に現れたが、何かと鼻をすする姿は昔のままだ。最後に、先生は「色衣奨励」広報の任務を負って山中へ入っていくが、白白教一党により悲劇的な死を迎えるとして処理される。火田民の立場から見れば、「白衣民族」を抹殺しようという意図で「色衣強制」を強要する総督府や、これに寄生しわが身だけを守ろうとする朝鮮人郡守や、白衣精神を生かそうという「白白教」という邪教すべてが自分たちを抑圧する対象であるのである。作家・金史良は、日本語でこの作品を書き、30年から40年代初めまで日本で活動した。「在日文学者の嚆矢」であり「親日作家」であり、また「越北作家」という呼称は、彼が南側でも北側でも忘れられやすい事情を物語っている。[40)]

越北作家という呼称は、故郷が北側であれ、思想や理念に従い北を選択したのであれ、同一に付けられたレッテルであって、88年に南側で解禁措置となる前までは多くの文人たちが伏せ字で表示され、本格的に論議することができなかった。文学史がそのように偏狭であったのは、反共イデオロギー以外に「親日」かどうか、すなわち日帝への協力の有無という問題もある。40年代初め、『国民文学』に親日的な傾向の小説を連載したとして問題となった金史良の場合もそうである。当時は、日中戦争、太平洋

40) 作品集に載った川村湊の序文を参照。(金史良『光の中に』, ソダム, 2001, 9頁)

戦争といった大々的な帝国主義的戦争が開始され、植民地朝鮮もやはり急激に荒廃していった時期である。戦時状況を考慮するとき、日帝協力云々の問題は、さまざまな観点から判断されなければならない問題であろう。例えば、「大東亜戦争」の名分を生み出した「大東亜共栄圏」の論議に思想的に動揺した知識人たちが多かった点、生存次元でも協力しなければならなかったという事情、そして植民地朝鮮にとって日帝協力というものは日常的な次元の問題だったという点などである。

戦争の凶暴な雰囲気の中で、ひとりの青年の告白が目をひく。最後に引用した作品で、尹東柱(윤동주)の「序詩」である。「死ぬ日まで天を仰ぎ　一点の恥なきことを　葉あいにそよぐ風にも私は心苦しんだ」という詩の最初の節を見よう。「一点の恥」や「葉あいにそよぐ風」のように極度に小さな部分にまで執着するのは、自らが正直であることを希求する思いの強さを表している。「すべての死にゆくもの」への「愛」と「歌」、そして続けて「私に与えられた道を歩きゆかねば」という告白の最後は美しく堅固である。詩人がキリスト教信者であったという点、「解放」より３ヵ月あまり先だって獄死したこと、そこが日本の福岡刑務所であったということなどは作品の副次的な情報である。

（権 赫奎）

第5章

解放の歓喜と分断国家への帰着

許俊(허준, 1910～?)
平安北道ヨンチョン生まれで日本の法政大学を卒業した。1935年『朝鮮日報』に詩人として登壇したが、1936年に小説「濁流」を発表して小説に方向転換した。繊細な自意識をもつ芸術家の主人公をしばしば登場させる彼の小説の傾向は解放直後にもあてはまるが、政治的な色彩を露骨に表している他の多くの小説と比べて異彩を放っていた。だが、南と北が指向する互いに別の理念を持つ対決構図の中で、許俊の創作もある一方の側を選択せざるをえない時点に至る。朝鮮文学家同盟のソウル市支部副委員長であった彼は、1948年に小説「歴史」を発表し、以後越北する。しかし、越北以後、彼は北側金日成体制を称揚したり鼓舞したりという類の作品を発表しておらず、これといった活動をしていないことで知られている。

孫昌渉(손창섭, 1922～?)
平壌に生まれ満州(中国東北部)を経て日本渡り、京都や東京などで苦学をしたことで知られている。解放後、孫昌渉は故郷である平壌へ戻ったが、共産治下であった38度線以北を離れ越南した。1953年、『文藝』誌の推薦を受けて文壇にデビューし、1950年代に非常に注目された新人として活躍する。「血書」、「人間動物園　抄」、「流失夢」などの作品を続けて発表し、1958年代には第４回東仁文学賞受賞作である「剰余人間」を発表した。1962年ごろからは、主に新聞長編小説の連載に力を入れる。1984年に日本へ帰化し、現在は消息不明である。

1.「殘燈」(잔등) : 許俊(허준)

<인용 1>

"그럼 일본 사람은 다들 도망을 가고 지금은 하나도 없는 셈인가."

소년이 잠깐 잠잠한 틈을 타서 나는 비로소 공세를 취하여야 할 것을 알았다.

"도망도 가고 더런 총두 맞아 죽구 더런 남아 있는 놈도 있지요."

"남아 있는 건 어디덜 있노. 저 살던 데 그대루 있나."

"아아니요, 한군데 몰아 놨지요, 저어기 저어."

소년은 손을 들어 산허리에 있는 불을 놓았다는 벽돌집의 약간 왼편 쪽을 가리키며,

"저기 저 골통이에 그전 저네 살던 데에다가 한 구퉁이를 짤라서 거기 집어넣고 그 밖에선 못 살게 해요. 그 중에선 달아나는 놈두 많지만."

"달아나?"

"돈 뺏기기 싫어서 돈을 감춰 가지고 어떻게 서울루 달아나 볼까 하다가는 잡혀서 슬컨 맞구 돈 뺏기구 아오지나 고무산 같은 데루 붙들려 간 게 많았어요. 나두 여러 개 잡었는데요."

"으응 네가 다 잡았어, 어떻게."

"저 골통이에 내 뱀장어 날마다 도맡어 놓구 사먹는 어업조합장인가 지낸 놈 있었지요. 너, 이놈 돈 푼이나 상당히 감췄구나 어디 두구 보자 허구 있었는데, 하룬 해가 져가는 초저녁입니다. 저어 우이."

〈引用 1〉

「それじゃ、日本人は皆逃げて行って、今は一人もいないわけか。」

少年がしばらく黙った隙に、私は攻勢をかけなければと思った。

「逃げもしたけど、銃で撃たれて死んだり、生き残っているのもいますよ。」

「残っているのはどこにいる？自分たちが住んでいたところにそのままか。」

「いえ、一箇所に集めてますよ。ほら、あそこ。」

少年は手を挙げて山腹の火を付けたという煉瓦作りの家の少し左の方を指差しながら、

「あそこの村の隅に、前に彼等が住んでいたんだけれど、一箇所を切ってそこにぶち込んで外で暮らせないようにしてるんだ。中には、逃げ出す奴も多いけど。」

「逃げ出す?」

「お金を取られるのが嫌で隠しておいて、どうやってソウルへ逃げるのか、と思うんだけど、つかまって、しこたま殴られて、金を取られて、阿吾地《アオジ》や古茂山《コムサン》(炭鉱や鉱山がある労働地区―訳者註)のようなところにひっぱられて行ったのが多かったですよ。僕も、何個かつかまえましたけどね。」

「君が? つかまえるったって、どうやって?」

「あの村に僕のつかまえたウナギを毎日のように買って食べていた漁業組合の組合長をやっていた奴がいたんですよ。こいつ、相当お金を隠してるな、今にみてろ、と思っていたんですけど、ある日、日が暮れ始めたときでした。あそこの上。」

소년은 상반신을 절반이나 비틀어 돌려서 우리가 내려온 축동 길로부터 훨씬 서편 쪽으로 올라간 강상(江上)을 왼손을 들어 가리키며, “저 위짝 뚝 너머를 웬 사내하고 여편네하고 둘이서 넘어오겠지요. 길 아니 난 데로 우정 골라서 넘어오듯이 넘어오는 것인데, 고길 몰아서 저 위꺼정 올라갔다가 내려오는 길에 내가 보았지요-이 어슬어슬해서 어디를 가는 웬 나들이꾼이 길을 질러가느라고 이런 길도 아니 난 험한 델 일부러 골라오는 건가-하고 아무리 보아도 수상하지 않아요. 덤비거든요. 가만 목을 질러서 풀숲에 숨어 가지곤 고기를 더듬는 체하면서 자세히 보니까 그게 바로 그 조합장 년놈들 아니겠어요. 그 놈은 흰 두루마기에 모쫄한 개나리 보따리를 해 짊어지고 여편네는 회색 세루 치마에 고무신을 신고요. 그러니 보지 않던 사람이야 알아낼 재간이 있어요. 그놈들이 우리처럼 이렇게 곧은 길로만 왔대도 못 잡았을 뻔했지요. 그때 난 그놈들이 강을 다 건너도록 두었다가 뛰어가서 김선생- 위원회 김선생한테가 일러 드렸지요. 이만한 ……”

그는 두 활개를 훨쩍 벌리었다가, 그 벌린 두 팔로 공중에다가 둥그러미를 그리며,

“보따리 속에서 나온 꽁꽁 뭉친 돈이 터뜨리니깐 이만허더래요. 뭐 오십만 원이라든가 육십만 원이라든가 그걸 다 얻다 감춰 뒀더랬는지 금비녀 금가락지두 수두룩히 나오고요. 그놈 매 흠뻑 맞고, 고무산으루 붙들려 갔지요.”

少年は上半身を半分ほどくねらせて振り返り、私たちが下りてきた堤防の道からずっと西側の川上を左手を上げて指しながら、

「あそこの上の上手のところを越えてくる男と女が見えたんです。道じゃないところをわざと選んでるみたいにしてくるのを、ウナギを追いやって登っていって下りる途中で僕が見たんですよ。薄暗らくなっているのに、どこかへ遊びに行くような人が近道しようとしてあんな道でない険しいところをわざわざ選んで行くのか、と、どう見ても怪しいじゃないですか。あたふたとした感じだったんです。そっと近道をして草に隠れて魚を捜すふりをしてよく見ると、まさにあの組合長たちじゃないですか。奴は白いトゥルマギ(外套のような上着に小さい袋を担いで、女は灰色のセルのチマにゴム靴を履いてました。そんななりをしてると、知らない人はわかるはずがないですよ。あいつらが僕たちみたいにちゃんとした道だけを行っていても、つかまらなかったかもしれない。で、僕はあいつらが川を渡りきるようにしておいて、走って行って金先生――委員会の金先生のところに知らせに行ったんです。それでその……」彼は両手をぱっと広げ、その広げた両手で空中に丸を描きながら、

「袋の中からたくさんつめこまれたお金が出てきて、これくらいあったんだそうですよ。五十万円だか六十万円だかそれをどこに隠しておいたのか、金の櫛や金の指輪もわんさか出てきました。そいつ、しこたま殴られてコムサンに送られましたよ。」

<인용 2>

"부질없는 말로 이가 어째 안 갈리겠습니까―하지만 내 새끼를 갔다 가두어 죽인 놈들은 자빠져서 다들 무릎을 꿇었지마는, 무릎 꿇은 놈들의 꼴을 보면 눈물밖에 나는 것이 없이 되었습니다그려. 애비랄 것 없이 남편이랄 것 없이 잃어버릴 건 다 잃어버리고 못 먹고 굶주리어 피골이 상접해서 헌 너즐때기에 깡통을 들고 앞뒤로 허친거리며, 업고 안고 끌고 주추 끼고 다니는 꼴들―어디 매가 갑니까. 벌거벗겨 놓고 보니 매 갈 데가 어딥니까."

"……."

"만주서 오셨다니깐 혹 못 보셨는지 모르지마는, 낮에 보면 이 조그만 한 장터에도 그 헐벗은 굶주린 것들이 뜨문히 바닥에 깔리곤 합니다. 그것들만 실어서 보내는 고무산인가 아오진가 간다는 차가 저기 와 선 채, 저 차도 벌써 나 알기에 닷새도 더 되는가 봅니다만, 참다 참다 못해 자원해 나오는 것들이 한 차 되기를 기다려 떠나는 것인데, 닷새 동안이면 닷새 동안 긴내 굶은 것인들 그 속에 어째 없겠어요."

(…중략…)

"이번에 난 참 수타 울었습니다…….우리 애 잡혀가던 해 여름, 가토라는 일본 사람 젊은이 하나도 그 속에 끼여 같은 일에 같이 넘어갔지요. 처음엔 몰랐다가 그해 가을도 깊어서 재판이 끝이 나자 기결감으로 옮겨 가게 된 뒤 어느 날 첫 면회를 갔다가 그런 일본 사람하고 같이 간 줄을 집애 입에서 들어 알았습니다. 겨울에 들어서서 젊은

〈引用２〉

「しようがないけど、腹がたってたまりません。けど、私の息子を捕らえて死なせた者たちは、降伏して跪いてましたが、跪いた姿を見ると涙しか出ないじゃないですか。父をなくし、夫をなくし、失うものはみな失って、食べられず、飢えて骨と皮ばかりになって古い襤褸をまとって缶をもってふらふら歩きながら、おぶったり、抱いたり、ひっぱっていったり、挟んだりして行き来している者たち―どうしてムチを加えることができますか。裸にしておいて、どこにムチ打てますか。」

「……」

「満州からいらっしゃったのだからもしかしたらご覧になれなかったかもしれませんが、昼間見れば、この小さな市場にも、襤褸を着た飢えた者たちがところどころ地面を埋めていますよ。彼らを積んで送るコムサンやアオジに行く汽車があそこに来て止まったまま、あの汽車ももう私が見るところ五日以上になりますがね。耐えられずに出てくる者たちが一杯になるのを待って出発するようですが、五日なら五日の間ずっと、飢えた者たちがその中にいるはずですよ。」

(…中略…)

「それを見て、私は本当に、すごく泣けました…。息子が捕まって行った年の夏、加藤という日本人の若者もその中に入っていて同じ事件で捕まえられて行きました。はじめは知らなかったですけど、その年の秋も深まって裁判が終わって既決監に移されて行ってから、ある日面会に行って、そんな日本人と一緒だということを息子の口から聞いて知ったんです。冬に入って、若者は元山に移され

이는 원산으로 이감을 가게 되었는데, 집애 말을 쫓아 가면서 입으라고 옷 한 벌을 지어 들고 갔더니 그때 우리 애 하는 말이 가토라는 사람은 집은 있으되 집이 없어서 온 사람이 아니요 먹을 것이 있으되 제 먹을 것 때문에 애쓸 수 없던 사람이다. 그렇다고 물론 건달을 하려고 건너온 사람도 아닌 것이니 자기하고 같은 일에 종사했으나 거지도 아니요, 도둑놈도 아니요, 아무런 죄도 없는 사람이라고 그러지요. 그럼 무엇이 죄냐-일본 사람은 일본 바다에서 나는 멸치만 잡아 먹어도 넉넉히 살아갈 수 있다고 한 것이 죄다. 어머니, 멸치만 잡아 먹어도 산다는 말을 아시겠어요, 하였습니다. ”

“네에!”

“누가 무엇 때문에 누구 까닭으로 싸웠는지 그건 난 모릅니다. 하지만 내 아들이 붙들려는 갔으나마 죄 아님을 못 믿을 나는 아니었으므로 응당 당장에 해득했어야 할 이 말들을 오 년 동안을 두고도 해득지 못하다가, 이제야, 겨우, 오늘에야 해득한 것입니다- 종자들로 해서 어떻게 눈물이 안 나옵니까.”

“……”

“젊은이가 원산으로 간 것은 첫눈이 펄펄 날리는 과히 춥지는 아니하나 흐린 음산한 날이어서, 나는 새벽부터 옥문전에 가 섰다가 배웅을 해주었는데, 간 후론 물론 나왔다는 말도 못 듣고 죽었단 말도 못 들어서 어떻게 되었는지는 모르나 죽지 안했으면 이번에 나왔을 겁니다. 저것들이 저, 업고, 잡고, 끼고 , 주릉주릉 단 저 불쌍한 것들이 가도의 종자인 것을 모른다고 할 수 없겠으니 어떻게 눈물이 아니 나……”

ましたが、息子が言ったことをたよりに、着るようにと服を一着こしらえて持っていくと、そのとき、息子が言うには、加藤という人は家があり、家がなくて来たのではない、食べるものもあり、自分が食べることのために苦労することがなかった人だ。だからといって、もちろんならず者になろうと渡ってきた人間ではなく、自分と同じことに従事していて、乞食でもない、泥棒でもない、何の罪もない人だというんです。それじゃ、何が罪なのか。日本人は日本の海でジャコだけ捕まえて食べても十分暮らしていける、と言ったことが罪なんだ。母さん、ジャコだけ捕まえて食べるということ、わかるでしょう、と言うんですよ。」

「ええ」

「誰が何のためにどうしたわけで戦ったのか、それは私にはわかりません。でも、息子は捕まって行ったんですが、あの子に罪はないと私にははっきりわかります。当たり前にすぐわかるはずのことを五年間もわからないままでした。ようやく今になってわかりました。あの子たちを見て、涙を流さずにはいられません。」

「……」

「若者が元山に行ったのは初雪が降りしきる、すごく寒くはなかったけれど暗く曇った陰惨な日でした。私は夜明けから刑務所の門の前で待っていて見送ってやりましたが、行った後はもちろん、出てきたということも聞いていないし、死んだとも聞いてないのでどうなったのかわからない。でも、死んでないなら次には出てくるでしょう。あの子たち、おぶり、手をつなぎ、抱えられるようにしてぞろぞろとついていっているあの可哀想な子たちが、どうして加藤の子でないと言えるでしょう、涙を流さずにはいられませんよ…」

<인용 3>

지금껏 차 꼬리에 감추이어 보이지 아니하였던 정거장 구내의 임시 사무소며 먼 시그널의 등들이 안계(眼界)에 들어오는 동시에, 또한 그지들의 거리마저 차차 멀리 떼어놓으며 우리들의 차가 그 긴 모퉁이를 굽어 돎을 따라 지금껏 염두에 두어 보지도 아니하였던 그 할머니 장막의 외로운 등불이 먼 내 눈앞에서 내 옷깃을 휘날리는 음산한 그믐밤 바람에 명멸하였다. 그리고 그 명멸하는 희멀금한 불빛 속에서 인생의 깊은 인정을 누누이 이야기하며 밤새도록 종지의 기름불을 조리고 앉았던, 온 일생을 쇠정하게 늙어 온 할머니의 그 정갈한 얼굴이 크게 오버랩되어 내 눈앞을 가리어 마지 아니하였다. 그 비길 데 없이 따뜻한 큰 그림자에 가리어진 내 눈몽아리들은 뜨거이 젖어들려하였다. 그리고도 웬일인지를 모르게 어떻게 할 수 없는 간절한 느껴움들이 자꾸 가슴 깊이 남으려고만 하여서 나는 두 발뒤꿈치를 돋울 대로 돋우고 모자를 벗어 들고 서서 황량한 폐허 위 오직 제 힘뿐을 빌려 퍼덕이는 한 점 그 먼 불 그늘을 향하여 한없이 내 손들을 내어저었다.

(허준, 『심문, 마권, 잔등/폭풍의 역사 외』, 동아출판사, 1995)

〈引用３〉

今まで汽車の後尾に隠れて見えなかった停車場構内の臨時事務所や、遠いシグナルの明かりなどが視界に入ってきたと同時に、あの者たちの通りさえ次第に遠ざかり、我々の汽車が長い曲がり角を曲がって行くにつれて、それまで念頭に置かれてもいなかったあの老婆の店の幌の寂しい明かりが遠く私の目の前で、私の襟元をひらひらさせて過ぎていく陰惨な晦日の風に吹かれて明滅していた。そして、その明滅する白っぽい明かりの中で、人生の深い人情を誰彼に語りながら夜通しランプをつけながらすわっていた、人生を懸命に生き年老いた老婆のあのすっきりとした顔が、大きくオーバーラップして私の目の前に浮かんでやまなかった。あの比べものにならない暖かい大きな影に覆われた私の目には、熱いものがにじんだ。なぜか知らず、どうしていいかわからない切実な思いが胸に深く残ろうとしていた。私は、かかとを上げて帽子を取って立ち、荒涼とした廃墟の上に、もっぱら自分の力だけでゆらゆらと揺れている一点、あの遠い明かりの影に向かって、いつまでもいつまでも私の手を振ったのだった。

（訳：浦川登久恵）

2.「未解決の章—無駄口の意味」(미해결의 장-군소리의 의미)

：孫昌涉(손창섭)

<인용 1>

지숙의 얼굴에서 나는 일찍이 웃음을 본 일이 없다. 언제나 양초처럼 희기만 한 얼굴에는 표정조차도 없는 것이다. 지숙은 여자 대학생이다. 그러면서도 오후에는 일찌감치 돌아와서 제품 일을 하는 것이다. 그는 나를 경멸하고 있는 것이다. 그것은 내가 미국 유학을 단념했다는 데 있는 것이다. 어이없게도 우리집 식구들은 온통 미국 유학열에 들떠 있는 것이다. 인제 겨우 열한 살짜리 지현이년만 해도, 동무들끼리 놀다가 걸핏하면 한다는 소리가,

"난 커서 미국 유학 간다누."

다. 그게 제일 큰 자랑인 모양이다. 중학교 이학년생인 지철이는, 다른 학과야 어찌 되었건 벌써부터 영어 공부만 위주하고 있다. 지난 학기 성적표에는 육십 점짜리가 여러 개 있어서 대장이 뭐라고 했더니,

"응, 건 다 괜찮어. 아 영얼 봐요, 영얼요!"

하고 구십팔 점의 영어 과목을 가리키며 으스대는 것이었다. 영어 하나만 자신이 있으면 다른 학과 따위는 낙제만 면해도 된다는 것이 그놈의 지론이다. 영어만 능숙하고 보면 언제든 미국 유학은 가능하다는 것이다. 우리 오남매 중에서 맨 가운데에 태어난 지웅(志雄)이 또한 마찬가지다. 고등학교 일학년인 그 녀석은, 어느새 미국 유학 수속의 절차며 내용을 뚜르르 꿰고 있다. 미국 유학에 관한 기사나 서적은 모조리 구해 가지고 암송하다시피 하는 것이다.

〈引用 1〉

チスク(志淑)の顔に、私はこれまで笑いを見たことがない。いつも蝋燭のように白くなった顔には、表情さえもないのである。チスクは女子大生だ。だが、午後には早めに帰ってきて、製品の仕事をするのである。彼女は私を軽蔑している。それは、私がアメリカ留学を断念したというところにある。あきれたことに、我が家では家族みながアメリカ留学熱に浮かされているのだ。ようやく11歳になるチヒョン(志賢)ですら、友だち同士で遊んでいて、どうかすると言う言葉が、

「僕、大きくなったらアメリカへ留学に行くんだ。」

である。それがいちばんの自慢であるらしい。中学２年生であるチチョル(志哲)は、他の学科はどうあれ、早くから英語の勉強ばかりやっている。昨学期の成績表には60点がいくつもあり、大将(父)が何とか言うと、

「うん、それは構わない、英語を見て、英語を!」

と、98点の英語科目を指して威張るのであった。英語だけ自信があれば、他の学科などは落第さえしなければいいというのが、こいつの持論だ。英語さえよくできれば、いつでもアメリカ留学は可能だというのである。我々五人兄弟のちょうど真ん中に生まれたチウン(志雄)が、またそっくりだった。高校２年の彼は、いつの間にかアメリカ留学の手続きのやり方に通じていた。アメリカ留学に関する記事や書籍は全部そろえて暗誦しているようなのだ。

<인용2>

부산에 파난 가 있는 동안, 대장은 한사코 싫다는 나를 우격다짐으로 법과 대학에 집어 넣었던 것이다. 만약 법대에 들지 못하면 대장은 자결하고 말겠노라고 위협조차 했던 것이다. 내가 법대에 못 들면 단지 그 이유로 자결하겠다고. 그때만 해도 참말 나는 어렸던 것이다. 지금 생각하면, 비대한 대장의 몸뚱이가 영도 다리에서 투신을 하거나, 음독을 하고 버둥거리는 광경을 상상만 해도 나는 웃지 않고 견딜 수 없는 것이다. 합격 발표를 보고 돌아오는 길에 대장은 닭을 한 마리 사들고 왔다. 그놈을 통째로 고아서 내게다 앵겨 놓더니, 법대를 마치고 미국 가 삼사 년만 연구하고 돌아올 말이면, 장차 장관 자리 하나는 떼어 논 당상이라는 것이었다. 그러면서 대장은, 날더러 꿈에도 잊지 말고 장관의 걸상 하나는 걸머지고 다녀야 한다는 것이었다. 왜정시대에 전문학교 법과를 나와 가지고, 전후 오 차나 '고문(高文)' 에 응시했건만 종내 뜻을 이루지 못하고 만 대장의 간곡한 당부인 것이다. 도대체 대장은 어째서 다섯 번이나 고문시험을 쳤는지, 그리고, 인간이 무슨 탓으로 장관을 지내 보고 죽어야 하는지, 나는 오래 두고 생각해 보아도 그 까닭을 알 수 없는 것이다. 어쨌든 나는 대장이 꿈에도 잊지 말라는 그 장관의 걸상을 억지로 떼메고 다니느라고, 대가리가, 동체가 이렇게 무거워졌는지도 모르겠다. 그렇기에 나는 무거운 몸을 방구석에 누워 지내는 일이 많은 것이다. 그러다가 대장의 입에서 '죽어라, 죽어!' 하는 말이 튀어나오고, 고무장갑 같은 그 손이 내 빰을 후려갈기고 나면, 할 수 없이 나는 일어나 밖으로 나가는 것이다.

〈引用2〉

釜山へ避難していた間、大将は嫌だと言い張る私を無理強いして法科大学に入れたのだった。もし法大に入れなければ大将は自殺してしまうと脅しさえしたのだ。私が法大に入れないというただそれだけの理由で自殺すると。そのときは、私は本当に幼なかったのだ。今考えてみれば、肥った大将の体が影島(ヨンド)橋から投身するとか、毒を飲んでばたばたともがく光景を想像するだけでも、私は笑いを堪えることができない。合格発表を見て帰る途中で、大将は鶏を一羽買いこんできた。こいつを丸ごと煮込んで私に渡して、法大を終えてアメリカへ行き三、四年ほど勉強して帰ってくれば、将来大臣の席ひとついただくのは間違いないというのだ。そして大将は、私に夢にも忘れるな、大臣の椅子ひとつはいつも頭において背負って通わなければという。日本の支配時代に専門学校の法科を出て戦後、五度にわたり「高文」試験を受けたがついに志を果たすことができなかった大将の懇切丁寧な頼みだった。一体大将はどうやって五度も高文試験を受けたのか、そしてどうした訳で大臣を務めてから死ななければというのか、私は長いことかけて考えてみたが、その理由がわからない。とにかく私は大将が夢にも忘れるなという大臣の椅子を無理にかついで通ったので頭や胴体がこんなに重くなったのかもしれない。それで、私は重い体を部屋の片隅で横にして過ごすことが多くなった。そして大将の口から「死ねよ、死ね！」という言葉が飛び出し、ゴム手袋のようなその手が私の頬をぶん殴ると、私は仕方なく立ち上がり外へ出て行くのである。

그러나 결코 나는 대장의 소원대로 죽으러 나가는 것은 아니다. 어디서 미술전람회라도 있으면 나는 거기를 찾아가 시간을 보내는 것이다. 그러나 요즈음은 대개 문선생(文先生)네 집에 가서 광순(光順)이와 나란히 누워 낮잠을 자는 일이 많다.

(손창섭, 『잉여인간』, 동아출판사, 1995)

だが決して私は大将の願いどおりに死にに行くのではない。どこかで美術展覧会でもあれば私はそこを訪ねて時間を過ごした。が、最近はたいがい文先生の家に行ってクァンスン(光順)と並んで昼寝をすることが多い。

（訳：浦川登久恵）

■1945 年～ 1950 年代の韓国文学作品解説■

解放の歓喜と分断国家への帰着

ー許俊の〈残燈〉、孫昌渉の〈未解決の章〉

1945年８月15日、朝鮮は日本帝国の植民統治から解き放たれた。1905年の乙巳保護条約から数えれば、それは実に40年ぶりの独立であった。植民地状態からの「解放」を意味する独立記念日である8月15日は、以後、韓国では「光復節」という名称で呼ばれるようになるが、「光復」とは、文字どおり光を取り戻すと言う意味である。だが、米ソ連合軍の角逐場となった朝鮮の現実は、実際にはあまり明るいとは言えなかった。日本帝国軍隊の武装解除分担を示す臨時軍事境界線にすぎなかった38度線を永久に固着させようという動きが南北双方の側から一斉に始まっていたのである。1948年には大韓民国(Republic of Korea)と朝鮮民主主義人民共和国(Democratic People's Republic of Korea)の単独政府がそれぞれ樹立され、ついに朝鮮半島には二つの国家がつくられることとなる。朝鮮半島内の唯一の合法政府であることを主張する二つの国家は、アメリカとソ連の後援の下、結局戦争に至るがこれがまさに朝鮮半島の情勢を今日までも規定している朝鮮戦争であった。この節では、解放直後の朝鮮半島の混乱した社会の雰囲気と朝鮮戦争以後の1950年代の実相を垣間見ることができる二つの作品を中心に見ていこう。

憎悪と復讐の狂風の中でわずかに灯された残燈の光―許俊の「残燈」

日本帝国の敗亡とともに突然解放された朝鮮は急激な変化を迎える。その代表的な変化のひとつに挙げられるのは、さまざまな理由で朝鮮を離れていた多くの人々の朝鮮へ戻ろうといういわゆる帰還の動きであった。もちろん、帰還とは当時の朝鮮の人々にのみあてはまるのではない。満州(中国東北部)と朝鮮・台湾など植民地各地に移住していた日本人たちも帝国の敗戦とともに日本列島へ帰るために急がねばならなかった立場に置かれていた。

引用した作品は、解放直後である1946年、許俊(허준)の「残燈」という小説[41)]の一場面である。この小説は、日本帝国が建設していた満州国の首都長春[42)]からソウルまでの帰還の旅程を描いた一種のロードムービーといった形式をもつ作品である。小説は、チョン・ボク(千僕)という名前の画家志望の青年と彼の友人であるパン(方)が解放された朝鮮に向かって帰還する群れの中に混ざり満州の長春を発って朝鮮半島の最北端である會寧(フェリョン)に到着する場面から始まる。會寧から再び清津(チョンジン)へ続く彼等の旅程が進行する間、内省的で鋭敏な観察者である「チョン」は、朝鮮に向かって帰路につく同族たちの姿を次のように描写する。“着ているもの、かぶっているもの、履いているもの、まとっているもの、巻きつけているもの、ぶら下げているもの、よく見れば彼等の身なりはひとつとして同じものを見出すことはできないが、彼らが抱く感情の中の２、３の熱烈な部分だけは識別しようとも識別しようのない共通の特徴となっており、その胸の奥底に埋もれているものを推し量ることは容易いことだった。”朝鮮に向けて帰還する同胞たちから主人公が見出したこの共通した特徴が、まさに祖国に対する強烈な「郷愁、ノスタルジア」の感情であるということはもちろん言うまでもない。この作品の中で郷愁という“心の底に沈殿していて、揺らぐことのない、ひとつの方向へ導かれる”一種の本能のようなものであり、“このように根本的なもの”として描写される。ノルタルジアの語源であるギリシア語のnostosが「光と生への帰還」を意味するというなら[43)]、「郷愁」と「光復」の喜びは、たいへん似てい

41) この小説は、1946年１月『大潮』という雑誌の創刊号と第２号に載ったが、以後ウルユ文化社から出た単行本『残燈』(1946)に収録された。ここでは現代韓国語で発表された1995年の東亜出版社本(『韓国小説文学大系シリーズ』)「残燈」をテキストとして使用した。
42) 満州国時代、この都市の名は新しい都市という意味の「新京」であった。
43) シン・ヒョンギ(신형기)「許俊と倫理の問題―『残燈』を中心に」, 『尚虚学報』7集, 2006

る情緒でもあったといえよう。

だが、作家は感激と歓喜に満ちた解放された朝鮮へのこの帰還の旅程が、一方ではたいへん不安で混乱し疲れ切った者たちの避難の行列であるという点を作品のところどころに暗示的に表していて注目に値する。実際、朝鮮に向かう彼ら帰還同胞たちは、満州国から一刻も早く脱出しなければならない立場に置かれていた戦災民でもあった。日本帝国の降伏直前である1945年８月８日、ソ連軍の空襲が満州国の首都である新京を襲い、以後、満州一帯はソ連軍が掌握した地域であったという歴史的事実は、これを裏付ける証拠でもある。実際、小説の中では二人の青年が列車に乗るためにソ連軍と交渉を繰り広げる場面、ソ連の軍隊やソ連の軍人に対する主人公の簡単な感想が登場したりもする。だが、満州に住んでいた朝鮮人たちが、その間開墾していた生活の基盤を後にして一斉に朝鮮に向かうようになるのは、ただそこが突然にソ連軍の治下となったというためだけではなかった。彼ら朝鮮人たちの帰還の事情を知るためには、何よりも日本帝国が計画的に建設した満州国での朝鮮人の位置を理解する必要がある。

周知のように、満州国とは日本帝国の軍隊である関東軍の物理力によって建設された計画国家であって、満州国は日本帝国を中心としたアジアの団結という所謂大東亜共栄圏の「理想」を具現した一種の巨大な実験室であった。「五族協和」という満州国建設のモットーの下に、首都・新京では当時10余万の日本人と約２万の朝鮮人が生活していたが、満州国での朝鮮人の位置というものはとても二重的なものであった。朝鮮人たちは、一方で日本帝国の植民統治を受ける位置にありながら、もう一方では日本の植民当局と警察の保護を受け満州の植民経営を彼らから委任されていた存在であったからである。[44)]

44) これは日本の植民当局が政策の次元で満州国に朝鮮の農民たちを積極的に移住させた結果であって、言い換えれば、“日本人—朝鮮人—満州人という偽計秩序の中で”朝鮮人たちは満州で“支配者であると同時に被支配者であるといこうした理由で、満州国が建てられる前からそこに住んでいた土着の中国人たちの立場から見れば、朝鮮人たちは日本人と同じく自分たちの領土を侵犯して入った植民統治者であるほかなかった。実際に中国の土着民と朝鮮の農民たちとの紛争が1930年代前半頃から絶え間なく起こりその度ごとに朝鮮人の農民たちは日本植民当局の公式的な保護の下に置かれていた。[45] 従って在満朝鮮人とは、中国人の観点から見れば、帝国日本の敗亡とともに日本人と同じく自分たちの土地から当然に追放されなければならない存在であった。

だが、満州国での朝鮮人としての二重的な経験は、この小説の中できわめて暗示的に登場しているにすぎない。ともすれば満州に対する記憶は、帝国主義から解放された朝鮮人にとって、もっとも複雑な思いをおこさせるものであるかもしれない。[46] それは、植民地の時期、朝鮮人たちも加害

う属性をもって”いた二重的な存在であった。キム・ジョンオク(김종옥),「植民地体験と植民主義意識の克服—許俊の『残燈』研究」,『現代小説研究』, 22集, 2004

45) 代表的な例として、いわゆる万宝山事件を挙げることができる。この事件は、1931年4月、万宝山に移住した210名の朝鮮農民と中国農民の間に起こった紛争を指すが、朝鮮農民たちは米作りのための田を整備するために中国農民所有の土地を掘り返して水路を造った。米作を行わず畑作で生きてきた農民たちにとって、これは生計の基盤である畑が沈水するという重大な事件であった。中国官憲の側は朝鮮農民を圧迫し、中国農民は完成された水路を破壊して土地を原状どおりに回復させた。これに駐屯していた日本の警察が中国農民たちに射撃を加えたが、死傷者は出なかった。こうして万宝山事件自体は比較的簡単に治められたが、この事件は、予想外に朝鮮内で多くの中国人華僑の死傷者を出した。これは朝鮮のマスメディアが万宝山事件について中国農民の一方的な襲撃であるというような歪曲した報道をしたことに起因していた。キム・チョル(김철)「没落する新生：満州’の夢と『農軍』の誤読」,『尚虚学報』9集, 2002

46) もちろん、「満州」は日本の帝国主義に武力で抗戦していた、強力な抵抗の象徴でもあった。だが、満州に対する現代の韓国人たちの記憶は、あまりに選別的なものである。すなわち、中国人に対する加害者としての過去に対する記憶は削除されたまま、帝国主義による受難と抵抗の象徴として、満州は主に記憶されている。

者の立場に立ったことがあったという事実を呼び起こす対面したくない記憶であり、解放とともに真っ先に忘れたい記憶でもあった。だが、この作品はそうした過去の満州の記憶を完全に隠蔽せず、ところどころにその糸口を見せていて興味深い。何よりも主人公の青年が解放された朝鮮に足を踏み入れた瞬間から感じたある種の躊躇とためらいは、まさにそうした糸口のひとつである。小説は、日本に戻れず朝鮮の土地で悲惨な物乞い同然となって彷徨う日本人らの姿に、終始一貫我知らず動揺する主人公の姿を描写する。小説の中で明確に叙述されてはいないが、追われていく日本人たちの姿は、まさに満州での朝鮮人自身の姿でもあったのである。

だが、解放直後の朝鮮で日本人たちは老若男女を問わず呵責なき懲らしめの対象であり、彼らに対する報復は「正当な」ものであると考えられていたのが当時のふつうの倫理感覚であった。それは抗い難い「民族の道徳」でもあった。主人公の青年がチョンジンで会った少年は、まさにそのような「民族の道徳」を代表するキャラクターであるといえるが、日本人たちに向かって何のためらいもなく断罪を下す少年の姿は、主人公の青年に複雑な感情を呼び起こす。果たして少年は“あまりに直線的な大胆さと羨ましいほどの熱烈さ”をもって、残留日本人を捜索するのに熱中していた。主人公は、少しの揺るぎもない幼い少年の断固さと自信感に魅惑と恐れを同時に感じる。このように「民族の道徳」を前にして同化されずためらう自身の性向を“悲しい第三者の精神”だと自嘲気味に表現する主人公は、だがまたもうひとつの倫理と遭遇するようになる。それは、まさにチョンジンの雑多な市場通りで、夜遅くまで明かりを照らし腹をすかせて物乞い同然で彷徨う日本人たちに雑炊を食べさせてやる老婆の倫理である。

もちろん引用文に提示されているように、老婆にも当時の多くの朝鮮人と同様に日本人を憎む理由は充分にあった。彼女の一人しか残されていなかった息子が社会主義運動をし、解放をひと月前にして獄死してしまったのである。だが老婆は息子の友人であり同じく社会主義運動をして元山

(ウォンサン)へ捕らえられていき生死も知れなくなった日本の若者、加藤君を思い熱い涙を流す。"日本人は日本海で、僕はジャコだけ捕まえて食べても悠々と暮らして行くことができる。"と信じていた加藤青年の信念は、大陸侵略政策を追求していた植民地当局と正面から衝突せざるをえないものだった。"あの子たち、おぶり、手をつなぎ、抱えられるようにしてぞろぞろとついていっているあのかわいそうな子たちが、どうして加藤の子でないといえようか、涙を流さずにいられませんよ……"。

どの民族に属しているか、という問題が、生命の保存と直接的に連結していた恐怖と混沌の帰還現場で、主人公はチョンジンを離れ咸興(ハムン)へ向かう南行きの汽車に身を任せる。レールの上を走って行く汽車の上で、彼は遠くかすかに明滅する老婆の雑炊屋の電燈を眺めながら大きな身振りで、いつまでもいつまでも手を振り挨拶する。それは、"人間の希望の広く美しい視野に触れてこそ感じ取ることができるとめどない大きな悲しみ"に深く共感した身振りであった。作家、許俊が描き出した老婆の残燈は、解放直後の朝鮮を覆っていた憎悪と復讐の狂風の中で、わずかに、控えめに自身の光を発していたわけである。解放された民族の観点から朝鮮の現実を過度に理想化、ロマン化していた多くの他の作品に比べるとき、許俊の「残燈」は、主人公の表現のように「第三者の精神」を通して当時の現実を静かに冷静に描いた作品であると、最近注目され評価されている。

アメリカ、戦後南側社会の欲望の終結地―孫昌渉の「未解決の章」

1945年以後、植民主義は公式的には終息し、世界は一見、「脱植民」の時代へ移行するかのように見えた。だが、1945年以後の世界秩序は、勝者であるアメリカとソ連を中心に再編された所謂冷戦時代の幕開けでもあった。米ソ両陣営間の全体的な冷戦はしばしば局地的な熱戦を伴ったが、1950年代の朝鮮戦争はまさにその代表的なものである。特に、38度線以南の韓国は、この戦争を契機にアメリカの東アジア反共ブロック[47)]の中に完全に編入され、韓国社会は政治、経済、外交、教育、文化など社会の全領域にわたってアメリカの類いまれなる影響力のもとに置かれることとなった。もちろん、植民地時代にも朝鮮の人々にとってアメリカは「近代及び文明(civilization)」の中心であって、朝鮮の独立に影響力を行使できる友好的国として認識されていた。だが、日本の強力な影響の下におかれていた朝鮮がアメリカと全面的に関係を結び始めたのは、やはり解放後のことである。南側と北側の文学作品及び文学史の内容自体が互いに完全な違いを見せ始めたのも、まさにこの1950年代からのことである。

引用した作品は、1955年6月、『現代文学』に発表された孫昌渉(손창섭)の「未解決の章」という短篇で、この小説は戦争直後当時を生きた韓国の平凡な人々にとってアメリカがどのような存在として認識されていたかをさぐることができる作品である。例をあげれば、主人公チサン(志尚)の兄弟たちとチサンの父親はひたすらアメリカ留学だけを人生の唯一の目的としている人々である。チサンの家族は、アメリカから空輸された孤児院用の衣類や救護品を捨て値で買い入れ、それを直したりばらばらにしたりして市場に出して売ることでようやく生計を維持しているが、苦しい生活の中でもアメリカ留学に対する彼らの熱望は、決して収まることがない。むしろ、苦しければ苦しいほど、アメリカンドリームは膨らむばかりだった。ついには、留学費用を用意するため、家族たちはご飯の代わりに当時救護食品として提供されていた牛乳の粉で粥を炊き三度の食事を済ますこともあった。主人公チサンだけが、家族たちの狂気に近いアメリカ熱に同化できず、アメリカ留学でない自分自身のためだけの「解決」を模索す

47) ソ連と中国、北韓などの社会主義国家群に対抗するため、アメリカは、日本、韓国、台湾をつなぐ東アジア反共ブロックを形成した。東アジア反共ブロックの核心として日本が戦略的に重要視されたが、日本は敗戦の衝撃からすばやく立ち直り、東アジア地域の中心として再び復活する。

る姿に描かれている。だが、「未解決の章」という題目が表すように、小説は、主人公チサンの努力に、これといった形や成果を与えない。彼はただ、娼婦となった女子大生クァンスンの家を習慣的に訪ね、彼女から漠然とした慰労と希望を期待しているだけである。

もちろん、この作品の中に表れているアメリカに対する憧れと羨望はある程度誇張され戯画化されているのだが、こうした現象は1950年代の韓国社会に厳然と実在したものであった。だが一方で、解放直後、朝鮮の民衆たちがアメリカを決して好意的には見ず、むしろ敵対的に認識していたという歴史的事実に照らせば、これは実に驚くべき変化でもあった。解放直後の朝鮮の民衆は、アメリカは朝鮮半島の分断に決定的な責任があると考え、植民地時代の官僚たちをそのまま起用したアメリカ軍政の人事方針や未熟な経済政策などに強い不満を見せていたからである。実際に、解放直後のメディアから、次のようなアメリカに対する批判の記事を見出すのは、そう難しいことではない。“民意を尊重しなければならない民主主義の国アメリカの軍政が、どうして朝鮮人民の世論を無視して親日派、民族反逆者、反民主主義者たちを軍政の官吏として登用しているのか?”[48]

だが、解放直後のアメリカに対する批判的な認識は、三年間の朝鮮戦争を経て急速に変化し始める。こうした変化に決定的に影響を及ぼしたのは、もちろん共産主義者たちの存在だった。実際、彼らは民族に背いた、確実なソ連の傀儡としてみなされていた。傀儡とは、人の手先となって利用される操り人形という意味で、韓国人たちは、民族という単語から北韓の共産主義者たちを除くために必死になり、その代わりとなる新しい「兄弟」を発見するに至る。それは、まさに朝鮮戦争を通じて血で結ばれた「血盟」としての友邦、アメリカだった。こうした当時の韓国人の認識は、

48) キム・ウソン(김오성)「我々の疑惑を解け」,『新天地』, 1947.2

アメリカの莫大な援助[49]という物質的な根拠を土台に形成された、非常に確固たるものでもあった。もちろん、それだけではなかった。大統領・李承晩をはじめとして、当時の韓国社会を主導した各界のエリートたちはアメリカ留学から帰り英語に長けアメリカ人脈をもっている人たちである場合が大部分であった。成功と立身出世を熱望する小説の中のチサンの父が“どれ、五人の息子がみんな博士修士の資格を取ってアメリカへ行って帰ってくれさえすればなあ!”と口癖のように呟くのも、当時の現実の脈絡に照らしてみれば決しておかしなことではなかった。

しかし、孫昌渉の「未解決の章」はアメリカを羨望する当時の世態に対する単純な風刺にすぎない小説ではないという点は、強調される必要がある。2番目に引用した場面でわかるように、この小説はある種の根元的な反復について語っており、注目される。テキストでははっきりとは表れていないが、チサンの父が若い頃五回ほど受けて落ちた高文試験とは明らかに日本語で行われた試験であって、立身出世を夢見ていた植民地の青年たちは、大部分韓国語よりは日本語を便利に思う二重言語者であるほかなかったためである。植民地時期後半になればなるほど、朝鮮の“公的な教育と文字生活はすべて日本語”でなされるようになり、ハングルだけでは近代文明を受け入れ、その恵沢を享受することができない社会構造となっていったことは、すでによく知られている事実である。[50] こうして、1940年代初期には、朝鮮でハングルは徹底して私的な領域の中に囲い込

49) 1950年代、韓国の国民総生産(ＧＮＰ)においてアメリカの援助が占める比重は10-23%であり、政府の歳入構成での援助比重は35-50%、国防費の場合は40%に迫っていた。パク・テギュン(박태균)「1956～64年、韓国経済開発計画の成立過程；経済開発論の拡散とアメリカの対韓政策の変化を中心に」，ソウル大国史学科博士論文, 2000, 27-28頁

50) チョン・ジョンハン(천정환),『近代の本読み』, プルンヨクサ, 2003, 92-107頁を参照。

まれてしまい、「感情」に関する言語として完全にその機能が縮小された状態であった。

だが、1945年の「光復」と同時に日本語は韓国のあらゆる公的領域でその地位を失い、ハングルは、公式的な支配権力の座を奪還することとなった。皮肉なことに、「純粋な」民族の単語である韓国語の世界を指向するこの過程で、多くの二重言語者たちがまた再び言語による混乱と抑圧の状態を経験するようになったという点である。実際、彼らの中の多くは、解放後、十代か二十代前半の年でハングル正書法を再び勉強し、韓国語の書き方体系をあらたに学ばなければならない状況に置かれるようになった。そして彼らはかつて日本語に熟達していなかったことを恥じたように、今や“彼ら自身の言語を知らず、日本語に熟達していることに罪責感を感じて恥じ”なければならなかった。[51)]

しかし、より問題だったのは、一方で日本語に「汚染」されたハングルを「浄化」させなければならないという運動が公的に繰り広げられる中でも、1950年代の韓国社会は「未解決の章」が捉えているように、また別の帝国の言語である英語を習得することに必死になったという点である。「帝国」の言語に対する羨望と憧憬が、わずか十年とたたないうちに日本語から英語へ、その内容だけを変えた状況であった。[52)] さらにそれは、植民地治下でのように制度による強制的なものでなく、ひじょうに自発的な意欲の形態を帯びていた。チサンの家族たちがアメリカ留学の経費を工面するために休む間もなく体を動かして働いている反面、“自分がアメリカへ行かなければならない何の理由も”発見できない主人公チサンだけが、その意欲にあふれた自発性の世界を懐疑し、じっと凝視している。植民地

---

51) ソ・ソクベ(서석배)「単一言語社会に向かって」,『韓国文学研究』, 29集, 2005

52) 1950年代の韓国の言語状況は、実際たいへん混種的なものだった。漢字語をすべて除いてあらゆる言語活動を民族の言語であるハングルで表記すべき、とするハングル専用論が台頭するほどハングルの位相が高まったが、一方で過去の

時代を生きていた朝鮮人たちが帝国の言語である日本語に対して抱いていた欲望とあまりに類似しているが、この作品は、いわゆる脱植民時代に「英語」によって構築された世界に入るための韓国人たちの欲望の実像をきわめて効果的に提示している。

（張　世眞）

日本語に対する記憶や新しく押し出される英語の影響力などが複雑に絡み合っていた。だが、当時の作家たちは日本語に対する記憶を忘れて新しいハングルの書き体系に馴染まなければならなかったほどのこうした混種状態についての記録や論述は意外にそれほど多くはない。孫昌渉のテキストをこのような言語的混種状態についての実際的反映として解釈した試みとしては、ハン・スヨン(한수영)「戦後小説における植民化された主体と言語的他者 - 孫昌渉小説に表れた二重言語者の自意識」,『人文研究』, 52集, 2007

第6章

成長と苦痛の近代

崔仁勳(최인훈, 1936~)
咸鏡北道会寧の出生である。家族とともに越満し、朝鮮戦争当時は陸軍通訳将校として勤務した。1959年、『自由文学』10月号に「クレイ倶楽部顛末記」を発表し、1960年の『広場』によって韓国文壇の寵児となる。「クリスマスキャロル」、「西遊記」、「総督の声」、「台風」のような政治的色彩が濃い話題作を続けて発表したが、以後次第に戯曲創作に力を傾けるようになった。1977年、韓国演劇映画芸術賞を受賞し、1977から2000年まで韓国芸術総合大学校の文藝創作学校の教授を務めた。

趙世熙(조세희, 1924~)
京畿道で生まれた。ソラボル芸術大学文芸創作科を卒業し、1965年、京郷新聞新春文芸に当選したが、10年の間、文を書かず、1975年「小人が打ち上げた小さなボール」連作の始まり部分である「包丁」を発表した。以後、「メビウスの帯」、「宇宙旅行」などの小人連作を相次いで発表し、1978年に連作12篇を編んだ「小人が打ち上げた小さなボール」を文学と知性社から出版した。比較的寡作の作家であり、1980年には作品集『時間旅行』を出し、写真散文集である『沈黙の根』を発表した。

金芝河(김지하, 1941~)
木浦で生まれた。木浦生まれという事実は彼の詩世界にも大きく影響を及ぼしているが、全羅道地域は解放直後から朝鮮戦争以後まで、共産主義者を捜索するという名目で大韓民国政府が多くの良民を虐殺した所のひとつである。金芝河の詩の中には彼らの無念の死を素材にしたものが多いが、その結果、彼の詩は身の毛がよだつようでありながらも悲しい情緒を基礎としている。数次に及ぶ逮捕と拘禁、死刑宣告と、彼を支持する知識人たちの国際的連帯などにより、金芝河は1970年代の反体制運動の象徴のような存在となった。1963年、「夜の話」を発表して作品活動を開始し、『糞土』(1970)、『灼けつく喉の渇きで』(1982)、『エリン』1・2(1986)などがもっとも代表的な詩集として挙げられる。

1. 『広場』(광장) : 崔仁勳(최인훈)の小説

<인용 1>

"인간은 그 자신의 밀실에서만은 살 수 없어요. 그는 광장과 이어져 있어요…한국 정치의 광장에는 똥오줌에 쓰레기만 더미로 쌓였어요. 모두의 것이어야 할 꽃을 꺾어다 저희 집 꽃병에 꽂구, 분수 꼭지를 뽑아다 저희 집 변소에 차려 놓구, 페이브먼트를 파 날라다가는 저희 집 부엌 바닥을 깔구. 한국의 정치가들이 정치의 광장에 나올 땐 자루와 도끼와 삽을 들고, 눈에는 마스크를 가리고 도둑질하러 나오는 것이지요… 그는 밀실에만은 한 떨기 백합을 마련하기를 원합니다. 그의 마지막 숨을 구멍이기 때문이지요…밀실만 푸짐하고 광장은 죽었습니다. 각자의 밀실은 신분에 맞춰서 그런대로 푸짐합니다. 개미처럼 물어다 가꾸니깐요… 아무도 광장에서 머물지 않아요. 필요한 약탈과 사기만 끝나면 광장은 텅 빕니다. 광장이 죽은 곳, 이게 남한이 아닙니까? 광장은 비어 있습니다."

<인용2>

남녘에 있을 땐, 아무리 둘러보아도, 제가 보람을 느끼면서 살 수 있는 광장은 아무 데도 없었어요. 아니, 있긴 해도 그건 너무나 더럽고 처참한 광장이었습니다. 아버지, 아버지가 거기서 탈출하신 건 옳았습니다. 거기까지는 옳았습니다. 제가 월북해서 본 건 대체 뭡니까? 이 무거운 공기, 어디서 이 공기가 이토록 무겁게 짓눌려 나옵니까? 인민이라구요? 인민이 어디 있습니까? 자기 정권을 세운 기쁨으

〈引用 1〉

「人間は、彼自身の密室だけで生きることはできません。それは、広場に続いています。……韓国政治の広場には、糞尿にゴミだけが山と積まれているんです。みんなのものでなくてはならない花を折っては自分の家の花瓶に挿し、噴水の栓を抜いて我が家の便所に取り付け、舗道を掘り返しては我が家の台所の床に敷く。韓国の政治家たちが政治の広場に出てくるときは、袋と斧とシャベルを持ち、目にはマスクをして泥棒をしに出てくるのです。……彼は、密室にだけは一輪の百合を飾ることを望んでいます。そこが最後に身をひそめる洞窟であるからです。……密室だけがたっぷりと豊かで、広場は死にました。それぞれの密室は身分相応にそれなりに豊かです。蟻のようにくわえてきては飾るのですから。……誰も広場に留まりません。必要な略奪と詐欺が終われば、広場はがらあきです。広場が死んだところ、これが南韓ではないですか？広場は空っぽです。」

〈引用 2〉

「南にいたときは、どんなに見まわしてみても僕が生き甲斐を感じながら生きることができる広場はどこにもありませんでした。いえ、あることはあっても、それはあまりにも汚く凄惨な広場でした。お父さん、お父さんがあそこから脱出したのは正しかったです。そこまでは正しかったです。僕が越北して見たものは一体何ですか? この重い空気、どこからこの空気が、これほど重苦しく出てくるのですか? 人民ですって? 人民がどこにいますか？自分の政権

로 넘치는 웃음을 얼굴에 지닌 그런 인민이 어디 있습니까?… 일이면 일마다 저는 느꼈습니다. 제가 주인공이 아니고 '당'이 주인공이란 걸. '당' 만이 흥분하고 도취합니다. 우리는 복창만 하라는 겁니다. '당'이 생각하고 판단하고 느끼고 한숨지을 테니, 너희들은 복창만 하라는 겁니다. …인민이란 그들에게 양떼들입니다. 그들은 인민의 그러한 부분만을 써먹습니다. 인민을 타락시킨 것은 그들입니다. 그리고 북조선의 공산당원들은, 치사하고 비굴하고 게으른 개들입니다. 양들과 개들을 데리고 위대한 김일성 동무는 인민공화국의 수상이라? 하하하……" 그는, 배를 끌어안고, 목을 젖히며 웃었다. 그의 부친은 한마디도 말이 없었다…웃음에 지친 그는, 방바닥에 엎드려 소리를 죽여 울었다. 아버지가 미웠다 아무 말도 않는 아버지가.

<인용3>

네 사람의 공산군 장교와, 국민복을 입은 중공 대표가 한 사람, 합쳐서 다섯 명. 그들 앞에 가서, 걸음을 멈춘다. 앞에 앉은 장교가, 부드럽게 웃으면서 말한다.

"동무, 앉으시오"

명준은 움직이지 않았다.

"동무는 어느 쪽으로 가겠소? "

"중립국"

그들은 서로 쳐다본다. 앉으라고 하던 장교가, 윗몸을 테이블 위로 바싹 내밀면서, 말한다.

をうち立てた喜びで溢れんばかりの笑顔を見せている、そんな人民がどこにいますか？……ことあるごとに、僕は思いました。僕が主人公ではなくて‘党’が主人公だということを。‘党’だけが興奮し陶酔します。ぼくらは復唱だけせよというのです。‘党’が教えて判断して感じてため息をつくので、お前たちは復唱だけしていろというのです。……人民というのは、彼らにとって羊の群れです。彼らは人民のそうした部分だけを利用します。人民を堕落させたのは彼らです。そして、北朝鮮の共産党員たちは、恥知らずで卑屈で怠けものの犬です。羊と犬を連れて偉大なる金日成同志は人民共和国の首領だって? ハハハ……」彼は腹をかかえてのけぞって笑った。彼の父はひとことも言わなかった。……笑いに疲れた彼は、床に突っ伏して声を殺して泣いた。父が憎かった。何も言わない父が。

〈引用３〉

四人の共産軍将校と国民服を着た中国の代表が一人、合わせて五人。彼らの前へ行って足を止める。前にすわった将校が、やさしく笑いながら言う。

「同志、おかけなさい。」

明俊は動かなかった。

「同志は、どちらの側へ行きますか?」

「中立国」

彼らは互いに顔を見合わせる。すわれと言った将校が、上半身をテーブルの上に乗り出して言う。

“동무, 중립국도, 마찬가지 자본주의 나라요. 굶주림과 범죄가 우글대는 낯선 곳에 가서 어쩌자는 거요?”

“중립국”

(…중략…)

아까부터 그는 설득자들에게 간단한 한마디만을 되풀이 대꾸하면서, 지금 다른 천막에서 동시에 진행되고 있을 광경을 그려보고 있었다. 그리고 그 자리에도 자기를 세워보고 있었다.

“자넨 어디 출신인가?”

“……”

“음, 서울이군.”

설득자는, 앞에 놓인 서류를 뒤적이면서,

“중립국이라지만 막연한 얘기요, 제 나라보다 나은 데가 어디 있겠어요 외국에 가본 사람들이 한결같이 하는 얘기지만, 밖에 나가봐야 조국이 소중하다는 걸 안다구 하잖아요? 당신이 지금 가슴에 품은 울분은 나도 압니다. 대한민국이 과도기적인 여러 가지 모순을 가지고 있는 걸 누가 부인합니까? 그러나 대한민국에 자유가 있습니다. 인간은 무엇보다도 자유가 소중한 것입니다. 당신은 북한 생활과 포로 생활을 통해서 이중으로 그걸 느꼈을 겁니다. 인간은 ……”

“중립국”

(최인훈, 『광장』, 문학과지성사, 1996)

「同志。中立国も同じ資本主義の国です。飢えと犯罪がうようよとしている見知らぬところへ行って、どうしようというんです?」

「中立国。」

(…中略…)

さっきまで、彼は説得者たちに簡単なひとことだけを繰り返し答えていたが、今、別のテントで同時に進行している光景を思い描こうとしていた。そして、その場にも自分を置いてみた。

「君はどこの出身かね?」

「……」

「ふむ、ソウルだな。」

説得者は前に置いた書類をめくりながら、

「中立国といっても漠然とした話ですよ。自分の国よりいいところがどこにありますか？外国に行ってみた人が一様に話しますが、外に出てみて初めて祖国が大事に思えると言うじゃないですか？貴方が今胸に抱いている鬱憤は、私にもわかります。大韓民国が過渡期的なさまざまな矛盾をもっていることを否認はしません。しかし、大韓民国には自由があります。人間には何よりも自由が大切です。あなたは、北韓生活と捕虜の生活を通して二重にそれを感じたはずです。人間は……」

「中立国。」

(訳：浦川登久恵)

2.「小人《こびと》が打ち上げた小さなボール」(난장이가 쏘아올린 작은 공) : 趙世熙(조세희)

〈인용 1〉

"아저씨" 신애가 말했다. "어떠세요? 괜찮으시죠? 자, 괜찮다고 말씀해 보세요."

"네, 괜찮습니다." 난장이가 말했다. 피범벅인 된 그의 얼굴은 어느 사이에 퉁퉁 부어 올라 있었다. 그는 터진 입술로 웃어 보이려고 애썼다. 끈질긴 생명이었다. 약한 몸 어디에 끔찍한 시련을 이겨 내는 힘이 감추어져 있을까 놀랄 정도였다. 이때까지 그와 그의 식구들은 더러운 동네, 더러운 방, 형편없는 식사, 무서운 병, 육체적인 피로, 그리고 여러 모양의 탈을 쓰고 눌러 오는 갖가지 시련을 잘도 극복해 왔다.

난장이는 도구들을 다시 부대에 쓸어담았다. 앞뒷집 여자들이 숨어서 보고 있지만 않았다면 신애는 왁 울음을 터뜨렸을 것이다.

"아저씨" 신애는 낮게 말했다. "저희들도 난장이랍니다. 서로 몰라서 그렇지, 우리는 한 편이에요."

〈인용 2〉

'행복' 이라고 영희는 썼다. 영희는 돌아간 아버지를 생각했다. 나는 영희의 눈에 눈물이 괴는 것을 보았다. 릴리푸트읍 같은 곳에서 아버지는 살았어야 했다. 아무도 '난장이가 간다' 고 말하지 않았을 것이다. 하스트로 호수 근처에 살았다면 아버지는 일찍 돌아가지 않았을 것이다. '타살당한 아버지' 라는 말을 영호가 했었다. 나는 영호의 말을 막을 수 없었다. 깊고 캄캄한 벽돌 공장 굴뚝 안을 생각하면

〈引用 1〉

「おじさん。」シネが言った。「どうしました？大丈夫ですか? ね、大丈夫だと言ってみて。」

「はい、大丈夫です。」小人が言った。血だらけになった彼の顔は、みるみるうちにぶくぶくと膨れあがった。彼は、割れた唇で笑ってみせようとした。粘り強い生命だった。弱い体のどこに酷い試練に勝ち抜く力が隠されているのか、驚くほどだった。これまで、彼と彼の家族は、汚い町、汚い部屋、貧しい食事、怖い病気、肉体的な疲労、そしてさまざまな仮面をかぶって立て続けにやってくるいくつかの試練をよく克服してきた。

小人は、道具をまた袋にかき集めた。まわりの女たちが、隠れて見てさえいなかったら、シネはわっと泣き出していただろう。

「おじさん。」シネは低い声で言った。「私たちも小人なんです。互いに知らなかったけど。私たちは仲間なの。」

〈引用 2〉

「幸福」という言葉をヨンヒは使った。ヨンヒは、死んだ父を思った。僕はヨンヒの目に涙がにじんでいるのを見た。リリパット村のようなところで、父は暮らすべきだった。そこでは誰も「小人が歩いている」と言わなかっただろう。ハストロ湖の近くで暮らしていたら、父は早く死なずにすんだだろう。「殺されたお父さん」ということを、ヨンホが言っていた。僕はヨンホの言葉を遮れなかった。

숨이 막혔다. 아버지의 몸은 작았지만 아버지의 고통은 컸었다. 아버지의 키는 백십칠 센티미터, 몸무게는 삼십이 킬로그램이었다. 은강 생활 초기에 나는 아버지의 꿈을 자주 꾸었다. 아버지의 키는 오십 센티미터밖에 안 되어 보였다. 작은 아버지가 아주 큰 수저를 끌어가고 있었다. 푸른 녹이 낀 놋수저를 아버지는 끌고 갔다. 머리 위에서는 해가 불볕을 내렸다. 아버지에게 그 놋수저는 너무 무거웠다. 그래서 불볕 속에서 땀을 흘리며 숨을 몰아쉬었다. 지친 아버지는 키보다 큰 수저를 놓고 쉬었다. 쉬다가 그 수저 안으로 들어가 누웠다. 아버지는 불볕을 받아 뜨거워진 놋수저 안에 누워 잠을 잤다. 나는 수저 끝을 들어 아버지를 흔들었다. 아버지는 눈을 뜨지 않았다. 아버지의 몸은 놋수저 안에서 오므라들었다. 나는 울면서 아버지의 놋수저를 잡아 흔들었다.

〈인용 3〉

어머니는 두 아들이 위험한 일에 말려들지나 않을까 항상 걱정했다. 서울 행복동에 살 때 너무 많은 고생을 했다. 두 아들이 공장에서 쫓겨나며 받은 고통을 잊지 못했다. 아버지는 시멘트 다리 위에 앉아 술을 마시고 있었다.

"애들이 오늘 다른 아이들이 못 한 일을 했어." 술을 마시며 아버지는 말했었다.

"사장에게 당신이 당하고 싶지 않은 일을 공원들에게 강요하지 말라고 했대."

深く真っ暗な煙突工場の中のことを思うと、息が詰まった。父の体は小さかったが、父の苦痛は大きかった。父の身長は117センチで、体重は32キロだった。ウンガンで暮らし始めた頃、僕は父の夢をよくみた。父の背丈は、50センチしかないように見えた。小さな父がとても大きな匙を引きずっていた。青いさびがついた真鍮の匙を父は引きずって行った。頭の上には太陽が照りつけていた。父には、その真鍮の匙は重すぎた。だから、焼けつくような日射しの中で汗を流しながらため息をついていた。疲れ果てた父は、背より大きな匙を置いて休んだ。その匙の中に入って横になった。父は日射しを受けて熱くなった匙の中で横になって寝た。僕は匙の端っこを持ち上げて父を揺すった。父は目を開けなかった。父の体は匙の中で縮んでしまった。僕は泣きながら父の匙をつかんで揺すった。

〈引用 3〉

母は二人の息子が危険なことに巻き込まれないかといつも心配していた。ソウルの幸福洞にいたときには、とても多くの苦労があった。二人の息子が工場を追われて受けた苦痛忘れることができなかった。父はセメント橋の上にすわり、酒を飲んでいた。

「子どもたちが、今日、他の子らができないことをした。」酒を飲みながら父は言っていた。

「社長に、あなたがしてほしくないことを工員たちに強要するなと言ったんだとさ。」

"걱정할 거 없어요." 어머니가 말했다. "애들은 어느 공장에 가든 돈을 벌 수 있어요." "모르는 소리 하지 마" 아버지가 말했다. "벌써 공장끼리 연락이 돼 있어. 애들을 받아 줄 공장이 없다구. 애들이 오늘 무슨 일을 했는지 당신이 알아야 돼." "그만두세요." 참을 수 없다는 듯 어머니는 말했다. "애들이 못된 일을 했나요? 왜 반역죄라도 지은 것처럼 야단야요. 죄를 지은 건 그들야요." 어머니의 말이 옳았다. 아버지도 잘 알고 있었다. 그러나 고통을 받은 것은 우리였다. 어머니는 같은 일이 다시는 일어나지 않기를 바랐다.

(조세희, 『난장이가 쏘아올린 작은 공』, 동아출판사, 1995)

「心配することはありませんよ。」母は言った。「子どもたちは、どの工場に行ってもお金を稼ぐことができますよ。」「わからんことを言うな。」と父は言った。「もう、工場の間で連絡が、いっている。子どもらを受け入れてくれる工場はないさ。子どもたちが今日どんなことをしたのか、お前はわからなきゃいかん。」「やめてください。」耐えられない、というように母は言った。「あの子たちが何をしたっていうんです？ どうして反逆罪でも犯したみたいに騒ぐんですか。罪を犯したのはあの人たちの方ですよ。」母の言葉は正しかった。父もよくわかっていた。だが、苦痛を受けたのはわれわれだった。母は、同じことが二度とおこらないことを願った。

（訳：浦川登久恵）

3.『1974年 1 月』(1974년 1월)[53) : 金芝河(김지하)

1974년 1월을 죽음이라 부르자
오후의 거리, 방송을 듣고 사라지던
네 눈 속의 빛을 죽음이라 부르자
좁고 추운 네 가슴에 얼어붙은 피가 터져
따스하게 이제 막 흐르기 시작하던
그 시간
다시 쳐온 눈보라를 죽음이라 부르자
모두들 끌려가고 서투른 너 홀로 뒤에 남긴 채
먼 바다로 나만이 몸을 숨긴 날
낯선 술집 벽 흐린 거울 조각 속에서
어두운 시대의 예리한 비수를
등에 꽂은 초라한 한 사내의
겁먹은 얼굴
그 지친 주름살을 죽음이라 부르자
그토록 어렵게
사랑을 시작했던 날
찬바람 속에 너의 손을 처음으로 잡았던 날
두려움을 넘어
너의 얼굴을 처음으로 처음으로
바라보던 날 그날
그날 너와의 헤어짐을 죽음이라 부르자

1974年１月を死と呼ぼう
午後の街　放送を聞いて消えていった
君の目の中の光を死と呼ぼう
小さく寒い君の胸に凍り付いていた血が裂け
暖かく　今　流れ始めた
その瞬間
再び吹きすさぶ吹雪を死と呼ぼう
みなが捕らわれていき　か弱い君を一人後に残したまま
遠い海へと私だけが身を隠した日
見知らぬ酒屋の壁の濁ったひとかけらの鏡の中に
暗い時代の鋭利な匕首を背中に刺された
みすぼらしい一人の男の
おびえた顔
その疲れ果てた皺を死と呼ぼう
あれほどたいへんに
愛を始めた日
冷たい風の中で君の手をはじめて握った日
おそれを越えて
君の顔をはじめて　はじめて
見上げた日　その日を
その日、君との別れを死と呼ぼう

바람 찬 저 거리에도
언젠가는 돌아올 봄날의 하늬 꽃샘을 뚫고
나올 꽃들의 잎새들의
언젠가는 터져나올 그 함성을
못 믿는 이 마음을 죽음이라 부르자
아니면 믿어 의심치 않기에
두려워하는 두려워하는
저 모든 눈빛들을 죽음이라 부르자
아아 1974년 1월의 죽음을 두고
우리 그것을 배신이라 부르자
온몸을 흔들어
온몸을 흔들어
거절하자
네 손과
내 손에 남은 마지막
따뜻한 땀방울의 기억이
식을 때까지

53) 金芝河, 『金芝河詩選集-灼けつく喉の渇きに』, 創作と批評社, 1982, 10頁

風の冷たいあの街にも
いつかは戻る
春の西風　花冷えの寒さをくぐり抜け
芽吹く花の　葉の
いつかは裂け出るその喊声を
信じられない　この心を死と呼ぼう
いや　信じて疑わないからこそ
恐れる　恐れる
あのすべての目の光を死と呼ぼう
ああ　1974年1月の死を
われらはそれを背信と呼ぼう
全身を震わせて
全身を震わせて
拒絶しよう
君の手と
私の手に残された　最後の
暖かい汗のしずくの記憶が
冷めるときまで

（訳：浦川登久恵）

◙1960 年代～ 1970 年代の韓国文学作品解説 ◙

成長と苦痛の近代

－崔仁勳の『広場』、趙世熙の『小人《こびと》が打ち上げた小さなボール』、金芝河の詩「1974年１月」

1960年代の韓国文学を語るときに欠かせないのは、自由と民主化に対する市民の熱望から噴出した4・19革命(1960.4.19)の歴史的な存在感である。よく知られているように、朝鮮戦争という“戦時状況を最大限活用した戦時政治を通して”[54] 権力の永久化を図った大韓民国の初代大統領、李承晩は、若い大学生や市民らが主導して起こしたこの「下からの革命」を契機に、電撃的に大統領職を退くこととなる。韓国の市民社会は、独裁者を自らの力で屈服させるという大きな勝利とその成就感に満ち、こうした4・19革命の精神は、1960年代の文学を過去の時代のものと差別化する大きな原動力となった。1950年代には、タブー視されていた敏感な現実政治の素材を、例えば分断体制のような核心的な社会問題が文学において正面から扱われはじめ、韓国文学は、今や批判的で政治的な想像力で充満することとなった。

もちろん、これ以後の韓国の政治の動きが4・19革命の精神をそのまま継承する方向へ流れていったというのではない。むしろ現実の政治は正反対に動き、革命のまさに翌年である1961年にはまた別の独裁者の登場を知らせる軍部の5・16クーデターが引き起こされたのだった。その結果、韓国の市民社会は、長期にわたる軍事独裁政権の統治と、どんな形であれ対決せねばならなかった。実際、軍部の独裁政治が次第に露骨化する1970年代に書かれたすぐれた文学作品は、民主主義への熱望を踏みにじる独裁政権に対する韓国市民社会の苦しい応戦の産物でもあった。この章

54) キム・イルヨン(김일영)「戦争と政治」『韓国と6・25戦争』, 延世大学校出版部, 2000, 2頁

では、1960年代と70年代の韓国文学の政治的な想像力と市民の批判的な抵抗精神を代表的に表している3つの作品を見てみることにしよう。

「密室」と「広場」の幸福な結合を求めて——崔仁勳(최인훈)の「広場」

1960年11月、『夜明け(새벽)』[55]という雑誌に発表された崔仁勳の「広場」は、同時代の批評家たちによって、韓国文学史上に残る記念碑的な小説として評価されている作品である。“政治史的な側面から見れば、1960年は学生の年であったが、小説史的側面から見れば、それは「広場」の年であったと言うことができる。”[56]というある批評家の言及からわかるように、この小説は、4・19の革命精神が文学的にもっとも忠実に反映している作品であるという讃辞を受けた。

実際、「広場」は民族と国土の分断という当時の朝鮮半島の核心的な問題をこれまでとは全く違う新しい視覚で描き出しており、注目される。もちろん、朝鮮戦争による民族の悲劇的惨状というものは、1950年代の文

55)『広場』は、いくつかの版本があることでも有名である。1960年11月、『夜明け』誌に発表された当時、『広場』は原稿用紙600枚ほどの長編小説であったが、1961年に正向社から出版されたときは200枚が追加された状態であった。その後新旧文化社(1968)と民音社(1973)から、それぞれ出版されたときは、作品の中の漢字語を可能な限りハングルに変え、文章を精巧にする程度の修正がなされた。より大幅な修正がなされたのは、1976年、文学と知性社による全集の一部として出版されたときであるが、その版本では、主人公李明俊の自殺動機を象徴するカモメの意味がかなり修正されている。『広場』の改作に伴う意味変化については、さまざまな議論がおこなわれてきたが、作家である崔仁勳本人が主張しているように、作品がもっているビジョン全体は大きく異なっていないといえる。むしろ、その継続された修正作業は、ある批評家が指摘しているように、「自身のビジョンに対する再検討ではなく、そのビジョンをより生き生きと」させるための方法論的な修正であるとみるのが妥当であろう。キム・ビョンイク(김병익)「『広場』の再読、新版解説,『広場』,文学と知性社,1996. この文では、文学と知性社の全集本を使用した。

56) キム・ヒョン(김현),「愛の再確認—『広場』の改作について；初版解説」,1996,文学と知性社

学のもっとも一般的なテーマのひとつであるが、1950年代を通してこうした悲劇は“悪魔的な北の共産党”により一方的に引き起こされたものであるとのみ描かれてきていた。言うならば、38度線以北の共産党に対する批判は無制限に許容され、また奨励されたが、南側社会の内部に対する批判は、全く許されなかったというのが事実である。南側体制に対する批判は、共産主義を主張し、同調する「容共」であるという烙印を押されたが、こうした社会的な烙印は、1950年代の南側社会では死刑宣告に等しいと言っても過言ではなかった。

だが、「反共」「滅共」を政治的正統性の主な土台としていた李承晩政権が市民たちの力により一挙に崩壊し、1950年代式の反共イデオロギーの分厚い壁は今や少しずつ崩れ始めた。崔仁勳の「広場」は、4・19革命を前後としたこうした南側社会の変化をたいへん正確に表しているが、小説の主人公である李明俊は、南側社会に深く失望し、秘密裏に彼の父がいるという北朝鮮へ越北を敢行する哲学科の大学生として登場する。これにより、「越北」という素材が南側の公式的な文学に初めて登場するようになったわけだが、南側・北側を対等な比較と選択の対象として置くことができるというこうした発想自体が、この小説が1950年代の小説とどれくらい違う地平にあるかを如実に物語ってもいる。解放直後から朝鮮戦争以後の南側と北側を時空間的背景としているこの小説は、主人公、李明俊の視線を通して当時の南北両体制が固執的に抱いていた問題を鋭く批判する。

引用した最初の部分は主人公、李明俊が南側社会を痛烈に批判している部分のひとつであるが、注目すべきは彼の批判が「密室」と「広場」という一対の比喩でなされている点である。李明俊によれば、南側は互いに信頼して連帯する人間相互間の公共性が徹底して欠けている病んだ社会で、人々は散り散りばらばらで、ただ個人の欲望、あるいはせいぜい個人の拡張である家族の利己的な慰めのためにのみ存在するだけだ。“肋骨にひびが入るくらいのどっしりとした生き甲斐を抱いて生きた”いと思っている李明俊は、南側での自身の生活について“はじめからこれとは違うはず”とひどく苦しむのだが、これといった脱出口を見出せずに苛立ちを感じている純粋な青年である。若き哲学徒である李明俊の眼に映る南側社会は、個人の貪欲さを追求する「密室」だけがあり、公的な「広場」が存在していない社会、存在する唯一の「広場」では略奪と権謀術数のみが行われ“善良な市民はむしろ戸に鍵をかけて窓を閉めて”いる腐敗した社会である。

それならば、北側社会は李明俊の代案になりうるのか？答えは否である。この小説は、北側社会についても公平に批判の視線を投げかけているが、まずは小説の中で李明俊が越北する契機から見てみよう。李明俊の父親が北の高位級の政治家であることがわかり、彼はある日南側警察の暴力的な取り調べと拷問を受ける身となってしまう。愛する恋人ユネからも安定と永遠を得ることができなかった李明俊は、もはや南側に対する一片の未練の捨て、父が政治的に活躍しているという北側を選択する。だが、二番目の引用文に表れているように、自分の理想と夢を実現することのできる希望の土地だと考えていた北朝鮮は、「広場」だけあって個人の「密室」が存在しない、息詰まるような統制社会でしかなかった。李明俊がそこで目にしたのは、偉大な革命の名をかたって俸給生活者の安定した生活を享受しようとする共産党幹部たちの見るにたえない欺瞞と狡猾さ、そしてそのようにたやすく騙されてしまう従順な北韓人民の無気力な姿だけだった。

結局、朝鮮戦争で人民軍将校として 参戦し南側の捕虜となった李明俊は、捕虜釈放のときに与えられた選択において 南側 でも北側でもない第三の中立国、インド行きを選ぶ。南側と北側すべてを拒否する彼の選択は、当時の朝鮮半島に存在する二つの体制に対する最大の批判であった。だが、李明俊の第三国行きは小説の中でついに果たされないものとして描写されている。中立国を選択した捕虜たちを乗せて目的地であるインドに向かっていた船、タゴール号から李明俊は海に身を投げ自殺する、ということで小説は結ばれているからである。こうした結末は、主人公李明俊にとって意味のある生としての第三の代案というものは存在しなかったという事実を表している。自らの意志をもって南と北のイデオロギーを拒否したにもかかわらず、その結果、現世の生ではない死を選択せざるをえなかったという点で、この場面は作家の悲劇的な世界認識を窺い知ることのできる部分でもある。

今日の観点から見るとき、南側と北側両体制に対する批判が「広場」と「密室」という文学的なメタファーを通してなされていることによって、この作品が行っている批判自体が抽象的で具体化されていないという指摘を受けるのも一方では事実である。だが、通史的な文学史という立場から見れば、崔仁勳の「広場」が1950年代の小説が立っていた狭小な思考の地平をさっと切り開いたという事実は、高く評価されるべきであろう。崔仁勳の「広場」は、1960年代の韓国文学の政治的、実践的な想像力を語るとき、真っ先に思い浮かばれるべき作品であるということができる。

誰のための「発展」なのか —趙世熙「小人《こびと》が打ち上げた小さなボール」

1961年の軍事クーデターで権力を掌握した軍人出身の朴正熙大統領は、政権の名分と正統性を経済的成長と発展に求めるようになった。もちろん、朴正熙のそうした方針は、当時、冷戦体制の中心として、世界の各地域に軍事、並びに経済的な援助を提供していたアメリカの対アジア政策に正確に符合するものでもあった。アメリカの政策立案者たちは、経済的に豊かなところでならば共産主義が絶対に確立されることはないという、確信に近い信仰をもっていた。また、共産主義国家と直接対峙している韓国が、「自由陣営」の堡塁として世界に示される必要があるという判断があった。結局、こうした対内外的な事情により、韓国でも国家主導の経済開発計画が始まるが、朴正熙政権は、1965年、アメリカの政治的後押しを受けて、解放以後断絶していた「韓日国交正常化」措置を敢行していく。[57] その結果、当時すでに高度経済成長期に入っていた日本の資本をはじめとした外国資本が新たな市場を求めて先を争って流入し、韓国の「開発独裁」は、本格的にその軌道に乗ることとなった。

今日の視点で注視してみると1970年代はまさに開発独裁の結果であることが可視的に明かになった時期であったが、[58] 朴正熙政権のあの有名なスローガン「我々も一度豊かになってみよう」が全国の都市と農村にけたたましくとどろき渡った時代が、やはりまさに1970年代であった。だが、短期間の飛躍的な経済成長の陰に隠されていたのは、世界が驚愕する

---

57) アメリカは、二次大戦後、日本をアジアの地域盟主として復活させ自由陣営の繁栄を企図しようとし、そのためには韓国も日本と政治的、経済的交流を再開することが必要だと判断した。「韓日国交正常化」措置により、韓国政府は植民統治についての日本政府からの一定の賠償金を受領することとなるが、その資金は植民統治によって直接苦痛を受けた韓国人の個々人にまわされるよりは、経済の近代化のための資金という名目で、一部企業の発展、後援金としてより多く使われた。「韓日国交正常化」は、植民統治の記憶がいまだ消えていない時点で、当時韓国人たちの広範囲な反対と強い批判を呼び起こしが、それにもかかわらずこうした抵抗は、アメリカが構想、再編中であった冷戦期における東アジアのその後の流れを変えることはできなかった。2005年には、韓日請求権に関する関連文書が公開され、会談の進行過程当時の問題点が、次々に明らかになり論議をひきおこしている状況である。すなわち、韓国政府が被害当事者たちの権利について充分に補償しない点以外にも、韓国政府が日本政府に見せた一方的な外交上の低姿勢などが批判の対象となっている。また、当時の日本政府の場合、植民支配は「条約」による合法的な行為であるから、日本政府の資金提供もやがて補償というよりは「経済協力資金」あるいは「独立祝い金」という式の態度をとっていた点なども現在批判を受けているところである。キム・チャンノク(김창록)「韓日請求権協定関連文書公開の意味」、『歴史批評』70号, 2005

58) 1970年代の韓国経済は、計量的な数値上、飛躍的な発展を成し遂げたが、1970年代前半までリードしていた北朝鮮経済を追い越して、1977年には、ついに輸出１百億ドルを達成するに至った。

ほどの水準の低賃金と補償のない残業、ならびに頻繁な徹夜に代表される、当時の大多数の韓国の労働者が置かれていた過酷な労働環境であった。もちろん、それだけではなかった。教育を受けられなかった労働者たちは、数的には多数を占めていたにもかかわらず、企業の一方的な不当解雇に何の組織的緩衝機構も働かず、無力な個人として露出されているという状態であった。

趙世熙(조세희)の「小人が打ち上げた小さなボール」(1975, 以下、「小人が…」と略して表記する)は、まさにこうした韓国社会の条件から誕生した作品である。実際、1970年に平和市場の劣悪な環境を自らの死によって明らかにした全泰壹(チョン・テイル)の焼身事件以後、産業化の根幹をなしているにもかかわらず、その成長の果実からは徹底して疎外された労働者たちの生のありようが、文学として照らし出され始める。例を挙げると黄晳暎の「客地」(1971)と「サンポへ行く道」(1973)などが代表的なものだが、黄晳暎の作品が職場を求めてこの都市あの都市と流離わざるを得ない放浪する労働者たちと都市貧民層の哀感を主なテーマとしているとすれば、趙世熙の「小人が…」は、その時点から一歩進んだ姿を見せてくれている。[59)]

実際、「小人が…」は、小人とその息子世代を通して韓国資本主義の進展過程に伴う核心的な矛盾を表している。一定の職場をもてずに流離う都市労働者という既存のテーマと合わせ、「小人が…」が新たに注目された点は、財閥の大企業に勤務する労働者たちの生活と彼らが経験する劣悪な労働条件、そしてそれを改善するための闘争の至難さなどであった。興味深いのは、黄晳暎の小説と趙世熙の小説が「労働者」という統一したテーマを扱っているにもかかわらず、たいへん異なる趣(mood)を持っている

59) 申明直(신명직)『不可能な転覆への夢―〈小人が打ち上げた小さなボール〉の幻想性研究』, 詩人社, 2002, 59頁

という点である。すなわち、黄皙暎の小説の中に登場するさまよえる労働者たちは、相対的に楽天的なだけでなく、ユーモアと生の健康性をまだ保持してしるように感じられるのだが、「小人が…」が描いている世界は、容易く未来への展望を見せてはくれない。その結果、この小説に登場する人物たちは、深い憤怒と悲劇的な情緒を帯びるようになっている。もちろんこれは基本的な作家の性向の問題であるともいえるだろうが、こうした差異は、むしろ1975年の「小人が…」が捉えていた韓国資本主義の性格に起因していたとみるのが、より妥当であろう。実際に、「小人が…」が描いた1970年代中盤の韓国資本主義は、以前より一層より組織的に構造化された状態であり、労働者たちの抵抗を受け入れないほど強固になっていた。また、この時期は労働者たちが互いに結集し自分たちの抵抗の力量を集団的に大きなものにしていく、以後の1980年代に至るまでには、まだ少し時間が必要となる過渡期的な時期であった。

「小人が…」という作品の特異な個性のうちのひとつは、こうした種類の小説が持ちがちであった現場主義の写実的な描写と一定の距離を置いたという点である。「小人が…」は、特有の簡潔な文体と作品の幻想的な装置などによって、現在まで解釈上の論争を巻き起こしながら、愛読され続けている。特にこの作品は隠喩(メタファー)という装置を多く使用しているが、何よりも「小人」は、この作品の核心的なメタファーである。小人とは、一次的には身長が117㎝にしかならない作品の中の主人公「キムプリ」を指しているのであるが、少し意味を広げれば1970年代の成長第一の韓国社会に編入されていない社会的な弱者たち(マイノリティー)、あるいは意識的に彼ら弱者の側に立った人々を総称する一種の政治的な隠喩でもある。

最初に引用した部分は、「小人が…」連載中、もっとも最初に発表された「包丁」の中の一節である。中産層の主婦であるシネが、主人公の小人に、「私たちも小人です。互いに知らないけど、私たちは味方です。」と言いながら、自分のアイデンティティーを規定している場面である。なわばりを主張する井戸掘り業者から情け容赦なく暴行を加えられるか弱き小人の命を救うために我知らず台所の包丁を持って井戸掘り業者を攻撃してしまう主婦シネは、この場面で自分の中に潜在していた、ある憤怒を発見する。それは、小人のような力なき弱者を苦しめる強者に対する一種の道徳的な憤怒だった。そして彼女はこの憤怒を通して小人と自分が互いに同質的な部類であることを宣言し確認する。[60)]

二番目の引用文に出てくる「リリパット村」[61)]も、やはりメタファーの一種である。リリパット村は、小人が夢みている別の国にある村の名前であって、彼はそこで天文台の仕事をしながら生きていきたいという希望を抱いている。そこは、"行き過ぎた富の蓄積を愛の喪失として公認する"ところであり、誰も彼を小人と呼んで苦しめたりしないところである。またそこは、"誰にも仕事を与え、仕事をした代価で食べて着て、誰もがみな子どもを教育できて隣人を愛する"素朴な世界である。ユートピアは「どこにもない」という語源をもつ単語であるが、リリパット村に対する主人公の小人の痛ましい幻想は、至る所に溢れている現実の中の苦痛から直接作られたという意味で、むしろ一層現実的である。

やっとのことで手に入れた住処を都市再開発という名目で撤去され、さまざまな職業を転々とし、ついには近代化の象徴である工場の煙突に自ら身を投げるように強要されたのが不幸な小人の世代であるとすれば、小人の息子世代が向き合った世界はどうであったか。「小人が…」が小人の子

60) だが、小人に対するシネの連帯意識は、趙世熙の以後の作品である『時間旅行』(1983)に至って変質する。『小人が…』では、疎外された社会的弱者に対し、連帯感を示していたシネが、もはや小人に対する記憶を忘却し、より上流層に編入されることを望む姿に描かれている。シネの変貌は韓国資本主義の進展過程で中産層が遂行していた役割に対する作家の観点が投影された結果であると考えられる。

61) リリパットは、アイルランド出身のジョナサン・スイフトが書いた『ガリバー旅行記』(1726)に出てくる小人の王国の名前でもある。

ども世代を通して見せているのは、韓国資本主義のもっとも大きな特徴であるともいえる財閥大企業の世界、あるいはより一層非情で堅固になった資本主義の論理である。市から家を奪われた後、小人の子どもであるヨンスとヨンホ、ヨンヒの三人兄妹は生計をたてるためにウンガンという名前の財閥会社に就職する。ウンガンは、いくつかの系列社を所有している大財閥グループの名前でもあるが、この会社はウンガンというひとつの都市自体を占領してもいる。今はアジア級の国際空港がある仁川をモデルとしているウンガン市は、作品の中で黒い機械でいっぱいの都市、製品生産量に正比例する“黄褐色の排水、廃油を河川に吐き出す”絶望的な都市として描写されている。この捨てられた都市ウンガンで末っ子ヨンヒはウンガン紡績に、ヨンホはウンガン電気に、そして小人の長男であるヨンスはウンガン自動車にそれぞれ所属している。

主人公の「小人」の死以後を扱う「小人が…」の後半部は、小人の息子世代がウンガンという大企業を対象に繰り広げる闘争の過程を描いている。ヨンスは、大企業ウンガンと闘うためには多くの人の力を必要とするということを悟る。三番目の引用文を通して類推できるように、小人の長男ヨンスは結局工場側のブラックリストに載るが、彼は労働組合をつくり従業員の賃金を15％引き上げ、ボーナスを100％多く受け取れるようにし、不当解雇者18名を復職させる。結局ヨンスは会社側に雇われた暴力団に殴打され、“組合総会、代議員大会、一度もまともに開けない”状況に追い込まれてしまう。労働者たちの抵抗とこれを阻止する会社側の対立が日ごとに激しくなる中で、ヨンスはウンガングループの最高経営者を殺害しようという、もっとも絶望的な運動方法を選択するに至る。罪のない小人が自殺し、ただ素朴な世界を夢みていた小人の息子ヨンスがついに殺人を犯すという社会での世界の人々を驚かすような飛躍的な経済成長と発展とは、誰のためのものなのだろうか。小人が夢みていたリリパット村は、現実には到底実現不可能な、そしてまた失われた希望を嘲弄する逆説的な名前に過ぎないのではないか。作家は、「小人が…」連作を通して、反省なく資本主義の巨大な渦の中に吸い込まれていった1970年代中盤の韓国社会に向けて、このような質問を投げかける。

しかし、趙世熙の「小人が…」は、以後、時が流れ韓国の労働者の勢力が急成長した1980年代に入ってからは、何人かの評論家たちから陰鬱で悲観的すぎるとの評価を受けてもいる。だが、「小人が…」の最後の連作である「エピローグ」部分で、作家はまるで近づく1980年代の時間を予言でもするかのように、次のような場面を置いていて興味深い。エピローグで小人の友人であったせむしといざりは、小人の長男ヨンスが死んだ身となって出てくることができた刑務所近くで静かに話を交わしている。刑務所の横の暗い高速道路で彼らのうちの一人が偶然にちかちかする蛍の光を発見する。だがそれはあまりに小さく弱いたった一匹が照らし出す光であるので、二人は実際にそれを見たとさえ確信することができない。そこでせむしといざりは互いに大声で次のようない言い争いをする。“蛍は絶滅したんだ。”“どうして?”“この世の人間たちが力を合わせて蛍をつかまえて殺したんだ。”“全部は殺せなかったんだな。”“見間違いだよ。”“見たんだってば。”

彼らの言い争いについてはっきりとした解決がないまま、作品は小人と息子ヨンスの悲劇的な死で終わっているが、1970年代中盤の状況で「小人が…」が見せていたビジョンはむしろ現実的であったといえる。「小人が…」は、1970年代の韓国社会の神話的な経済成長を支えていた多くの「労働者たち」と彼らの困窮した生活、そして何よりもそうした現実を変えるために彼ら自身の命をかけて努力していた痕跡を誇張なく描き出した作品であるといえよう。

風刺でなければ死を、詩人 金芝河(김지하)と1970年代の不和

1970年5月、韓国で発行された有力な教養雑誌『思想界』に、金芝河の

「五賊」という題の詩が載った。「五賊」は、その形式と内容面で、既存の韓国現代詩の美学的伝統においてはあまり見出すことのできない野心に満ちた新しい挑戦を敢行していた。この詩は、まずパンソリの調子を意識的に借りているが、周知のように、パンソリとは、朝鮮後期の両班たちの専横に不満を抱いていた平民階層により享有されてきた唱劇調の民族芸術のジャンルである。特権階層であった両班階級の偽善に対する鋭い風刺を通して民衆の健康な笑いを引き出していたパンソリの韻律は、1970年当時の韓国社会に向けられたもっとも直接的で痛烈な批判を含んでいた。五賊という題が意味するように、国を滅ぼす五人の大物級の盗賊に関するこの長い物語形式の詩は、以後、文学史において譚詩という名称で呼ばれることとなる。

だが、詩人としての文学的栄光をもたらしてくれたこの作品によって、金芝河と1970年代の朴正熙政権との長い不和が本格的にスタートした。「五賊」は、当時野党であった新民党の機関誌『民主戦線』にその全文が載ることになったが、これに対して朴正熙政権は、作品が“北傀の宣伝活動に同調したもの”として反共法違反という名目で金芝河を逮捕、拘禁したからである。最初に詩が掲載されていた雑誌『思想界』は、発行禁止処分を受け、発表4ヵ月後である9月にこの雑誌はついに登録を取り消され、事実上の強制廃刊となるに至った。

引用した「1974年1月」という詩は、朴正熙政権の独裁が絶頂に達していたときに書かれた詩である。詩の題である1974年1月とは、朴正熙政権

62) 1972年10月、朴正熙政権は非常戒厳令を出した後、大統領に超憲法的な権力を与えるとともに自身の反対勢力を原則的に封鎖することを骨子とするいわゆる維新憲法を宣布した。この憲法は、国民の基本権を大幅に縮小すると同時に、大統領の任期延長と再任制限を撤廃し、議会解散権を大統領に付与するなど、議会民主主義の基本原則を事実上全面的に無視していた。だが、維新憲法はこれを「韓国的民主主義の土着化」としており、その正式名称は「祖国の平和統一を志向する新しい憲法改正案」であった。

の維新憲法[62]を批判する個人あるいは団体を強力に処罰することができるように改正された大統領緊急措置1, 2号が発表された月を意味する。このとき発令された緊急措置１号は、政権に反対若しくは批判する勢力に、最高懲役15年を言い渡すことができるという命令であり、緊急措置2号は反対勢力を裁判することをその任務とする非常軍法会議の設置を意図する命令であった。これにより朴正熙政権は、軍部独裁としての性格を公然と、そして明確な水準で示すようになったといえる。「1974年1月」という題目のこの詩は、まさに緊急措置発令について聞いた詩人が身を隠し、3ヵ月の間市内を転々としながら書いたものとして知られているが、[63] この詩で詩人は自らを“暗い時代の鋭利な匕首を背中に刺されたみすぼらしい男の怖じ気づいた顔”と描写している。だが、現在の怖じ気づいた顔とは違い、詩人の視線は、未来に向かっていっそう開かれている。今はたとえ死があっても、必ず、“いつかは咲き現れる”花と葉たちの喊声を、詩人は確信に満ちて聞いていたのである。詩の中の話者は、勢いを増す軍部政権の独裁に向かって、“全身を震わせて　全身を震わせて　拒絶しよう”と声高く叫んでいるが、詩人は結局1974年4月、政府により緊急措置違反とされ、再び逮捕されついに死刑の宣告を受ける。このときの彼の罪名は、「北韓の示唆による暴力革命企図事件」[64] に対する加担であった。

金芝河に対する死刑宣告は、すぐに無期懲役に減刑されはしたが、このことを聞いた国内の文化人たちに大きな衝撃を与え、その衝撃は海を越えて日本とヨーロッパ、アメリカにまで広がっていった。実際、進歩的な日本の知識人の間では、詩人「金芝河を救う会」が発足したが、この会は、1970年の「五賊」の筆禍事件直後に誕生した会を拡大、発展させたものでもあった。金石範、李恢成、金時鐘のような在日僑胞作家たちと真継伸

63) 金芝河,「詩人の略伝」,『金芝河　詩全集』, ソウル, 1992, 337-340頁
64) 上掲書, 338頁

彦、南坊義道、鶴見俊輔などの日本の作家、言論人たちは、東京の数寄屋橋公園で断食を通して金芝河の釈放を要求し、これを契機に金芝河の名は全世界的に有名になった。実際、フランスのサルトル、ボーヴォワール、アメリカのチョムスキーとハワード・ジンのような批判的な知識人たちが、次々と金芝河の釈放を要求する嘆願書に署名し、彼の救援活動を支援するようになっていった。だが、中でも特に金芝河に対する日本の知識人の友情と献身は際立ったものであり、当時日本で金芝河の作品は、パンソリのような“民族固有の詩的伝統が、体制批判の武器となりうる”[65] 事実を証明した模範的な事例として受け入れられていった。在日僑胞の作家たち、そして韓国の政治状況や韓国の文化に興味を持っていた日本人たちは、金芝河の作品を通してパンソリ文化と接する機会をもち、また、そうした民族の伝統文化が発散することのできる社会批判的側面や抵抗精神に深い関心をみせた。

1970年代、金芝河の作品世界は、大きく風刺と哀愁という二つのキーワードで説明することができるが、彼は「風刺か自殺か」という詩論で、この相反する二つの情緒がどのように結合され、自身の詩世界を形成するかを説明している。金芝河によれば、世の中に対する悲哀の情緒、あるいは解決の道なくひとつひとつ積み重ねられた悲哀のその濃さはまさにある瞬間、世界を変化させる力に転化することができる巨大なエネルギーであるという。言い換えれば、悲哀は、詩人に言語による風刺という「暴力的な力」を提供しうる根源である。もちろん、ここでいう暴力とは、民衆を押さえつけ抑圧する不正な暴力に立ち向かう力としての暴力、抑圧を除去し世界を変革させる力としての暴力を意味する。1960年代の輝かしい

65) 渡辺直紀,「韓国と光州、そして文学を見つめるということ－金芝河、林哲佑、李清俊を中心に－」, 湖南文化研究30号, 2002

66) この詩句は「妹よよくやった!－新帰去来7」という題の金洙瑛の詩の最初の部分である。金芝河は“風刺でなければ解脱だ”を“風刺でなければ自殺だ”と書いている。『金洙瑛選集1』, 民音社, 2003

先輩詩人であった金洙瑛の有名な詩句、"妹よ　風刺でなければ解脱だ"[66]を題に借りた金芝河のこの詩論は、金洙瑛の達成していた水準を越えることを要請している。すなわち、1960年代、金洙瑛の風刺が詩人自らを含む小市民階層の日常的で順応的な意識を対象としたものであるとするならば、1970年代の金芝河は、もはや風刺の対象を民衆の敵対者である特殊権力階級の悪徳に向けなければならないと主張した。

> 若い詩人たちは金洙瑛文学から何をどのように受け継ぎ、何をどのように越えるのか? 彼が詩的暴力表現として風刺を選択したのは、きわめて当然のことである。これは受け継がなければならない。彼が暴力表現の方向を民衆にのみ集中し、民衆の上に君臨する特殊集団の悪徳に向けなかったのは正しくない。これを批判的に乗り越えていかなければならない。[67]

金芝河の文学において、もはや民衆は、これ以上受動的、消極的でなく、自身の憤怒と憎悪をためらいなく表現する攻撃的な主体として描写される。反体制運動の象徴であった金芝河は、1979年、朴正熙政権の崩壊とともについに長きにわたる時代との不和を終える。1980年に権力を握った全斗煥政権は、朴正熙前政権との差別化をはかり、政権の民主的性格を強調するため金芝河を刑執行停止にし釈放する措置を取った。ついに詩人にも長い闘争の末の休息が訪れたのである。

ひとつ付け加えるなら、1990年以後、金芝河の思想と業績は韓国の民主化を支持し支えていた人々の間で、多少論争の対象となっている。その間の熾烈な闘争に代わって、彼は今や秘儀的な古代神話の世界と国粋主義的な色彩が濃い生命運動に熱心になっているからである。彼の詩世界はもはや現実の合理的言語としては理解し難い神秘と矛盾の境地に入ったよう

---

67) 金芝河,「風刺か自殺か」,『金芝河 詩選集―灼けつく喉の渇きで』, 1982, 140 頁

である。それならば、その変化をどのように説明すべきであろうか。彼の詩世界を支えていた敵に対する強烈な憎悪が敵の消滅とともに消え去り、彼の詩世界は、完全に新しい形態へ脱皮したのだろうか。そうでなければ、「風刺」とともに詩人の詩世界の一面を支えていた「哀愁」の情緒が、1990年代以後、前面化して生じた現象であるといえるだろうか。金芝河に対する評価は、韓国社会において、相変わらず論争的な進行形である。

（張　世眞）

第7章

労働文学の叙情性と「光州」・「分断」の現在性

パン・ヒョンソク(방현석, 1961～)
中央大学(韓国)文芸創作科を卒業した。中央大学学生会長として活動し、1986年仁川の工場に就業し、1987年にはチンジン洋行の労組教育宣伝部長、翌年には仁川地域労働組合協議会(略称仁労協)常勤幹事として活動した。「ベトナムを理解しようとする若い作家たちの集まり」の代表をしていたが、2005年現在中央大学教授になる。作品としては「明日を開く家」(1991年)、『ハノイに星が浮ぶ』(2002)『ロブスターを食べる時間』(2003年)などがある。

李文烈(이문열, 1948～)
ソウルで生まれ、1950年朝鮮戦争が起こるや、父が越北して母の実家である慶北永川と先祖の墓がある慶北英陽で幼時期を過した。1965年安東高校を中退し、1968年大検を通してソウル大学師範学部国語科に進学したが、1970年大学を中退した。1977年大邱毎日新聞新春文芸に短篇小説「ナザレを知っていますか」が佳作に当選し文壇に登壇した。小説集『ひとの子』、『その年の冬』、『金翅鳥』、『われらの歪んだ英雄』、『九老アリラン』と、長編小説『皇帝のために』、『英雄時代』、大河小説『辺境』などの作品がある。多様な素材と主題を絢爛たる文体と巧みな筆さばきで料理していく大衆性と文学性を兼備した作家として評価されている。フェミニズム的性向、進歩的世界観を持った作家たちに拒否感を見せ、儒教的伝統に基盤を置いた保守的美意識をもった作家という評価もある。

林哲佑(임철우, 1954～)
全羅南道に生まれ、全南大学英文学科に入学した。除隊後復学し、光州民主化運動を体験した。現在韓神大学文芸創作科教授である。彼の作品は分断の問題とイデオロギーの暴力性に焦点をあわせている。『犬泥棒』(1981)、『春の日』(1984)、『赤い部屋』(1988)などは1980年代光州民主化運動を背景にした小説であり、『赤い山、白い鳥』(1990)と『その島に行きたい』(1991)などは、林哲佑の故郷である平日島を背景にした6.25戦争と分断が話の焦点になっている。歴史的事件に正面から向かい合うことが出来ない主人公達の罪意識を扱った作品が多い。叙情的文体で重い問題をうまく包み込んでいるという評を受けている。

朴勞解(박노해、本名 朴基平, 1958～)
全羅南道咸平生まれで、善隣商業高等学夜間部を卒業し、繊維、化学、運輸などの各種労働現場を転々とした。「労働解放」を意味する「勞解」というペンネームで1983年同人誌『詩と経済』を通して登壇、1984年最初の詩集『労働の夜明け』を発表した。匿名で詩を発表しつづけ世間の注目を受けていたが、1991年社会主義労働者同盟(略称 社労盟)事件で逮捕された。以後国家保安法違反嫌疑で無期懲役の宣告を受け服役中、1998年8・15特赦で釈放された。以後運動の一線から退いた。今はNGO「ナヌン文化」の常任理事として活動している。

1.『夜明けの出征』(새벽출정) : バン·ヒョンソク(방현석)

<인용 1>

“저 갈매기들은 뭘 먹고 살까.”

민영이 걱정스럽다는 듯이 중얼거렸다.

“쇳물.”

“화공약품 찌꺼기.”

미정과 철순의 대꾸를 흘려들으며 민영이 되물었다.

“똥바다엔 물고기도 살지 않을 텐데. 식당에서 버린 짬밥을 먹고 살까.”

“짬밥은 돼지 기르는 데서 다 걷어 가지 않니. 갈매기는 꿈을 먹고 사는 거야.”

미정은 자신의 말에 스스로 웃었다.

“저 갈매기들은 아마 썰물을 따라 나가면 드넓은 바다가 열린다는 걸 모를 거야. 노동자의 운명은 가난과 굴욕이라고 생각하는 우리들처럼 똥바다가 바다의 전부라고 생각할 거야.”

“야, 철순이 얘 시 쓰고 있는데.”

셋은 공동의 음모를 가슴에 지녀서인지 괜히 들떠서 소리 높여 웃었다. 지나는 사람들이 셋을 쳐다봤다.

7공단과 8공단 사이를 가로지르고 누운 이 개펄을 사람들은 똥바다라 불렀다. 만조가 되면 뚝방까지 차오른 바닷물이 출렁거렸다. 물이 빠져나가는 간조가 되면 시커멓게 더럽혀진 개펄은 흉측스런 등짝을 드러냈다. 개펄 언저리 곳곳엔 밤사이 몰래 버린 공단 폐기물들이

〈引用 1〉

「あのカモメ達は何を食べているのかな。」

ミニョンが心配そうにつぶやいた。

「鉄さび水。」

「化学薬品のカス。」

ミジョンとチョルスンの答えを聞き流し、ミニョンが問い返した。

「糞の海には魚も住んでいないのに。食堂で捨てた残飯を食べてるのかな。」

「残飯は養豚をしているところがみんな収集していくでしょ。カモメは夢を食べて生きているのよ。」

ミジョンは自分の言葉に自分で笑った。

「あのカモメたちはたぶん、引き潮にしたがって飛んで行ったら、広々とした海が開けているのを知らないのよ。労働者の運命は貧しさと屈辱だと思っているわたし達のように、糞の海が海の全てだと思っているのよ。」

「まあ、チョルスンったら詩を詠んでいるわ。」

三人は共通の陰謀を胸に持っているからか、やたらとはしゃいで声高く笑った。通り過ぎる人々は三人をじろじろ見た。

七工業団地と八工業団地のあいだに横たわり広がっているこの潟を人々は糞の海と呼んだ。満潮になると堤防まで満ちてくる海水がザブンザブンと波打った。潮が引いていく干潮になると、真っ黒く汚れた潟は、陰険な背をあらわした。潟の周囲のところどころには、夜の間にこっそりと捨てられた工業団地の廃棄物が

산더미를 이루었다. 버려진 폐수와 오물, 쓰레기 들의 썩는 냄새가 소금냄새와 뒤섞여 코를 찔렀다. 똥바다라 이름하기에 조금도 부족함이 없는 이 개펄의 뚝방을 그래도 갈 곳 없는 공단 사람들은 휴식처로 삼았다.

"우리 갈매기 찾기 하자. 저쪽으로 날아간 다섯 마리 빼고 새로 다섯 마리 찾기."

미정의 얘기에 민영이 내기를 걸었다.

"좋아. 자장면 사기."

<인용2>

미정과 민영은 인천교가 눈에 들어오도록 한 마리의 갈매기도 찾을 수 없었다. 바다가 열리는 서녘 끝으로 개펄을 가로지른 인천교 위로는 차량들이 질주했다.

"그때는 철순이가 자장면 샀는데 오늘은 우리 둘 중에 하나가 걸릴 수밖에 없겠지."

"너무 추워서 어디 다 숨어버린 모양이다 야."

인천교 위를 지나는 차량들의 바퀴에 감긴 체인 소리가 요란했다.

"저기다!"

민영이 소리치는 것과 동시에 두 마리의 갈매기가 다리 만간 밑에서 날아올랐다. 눈이 내리는 수면 위로 날아가는 갈매기의 비행은 낮고 느렸다. 날갯짓은 바쁘게 계속됐지만 추진력을 갖지 못했다. 창공드높이 선회하며 나는 바다갈매기의 그것과는 달랐다. 또 한 마리의 갈매기가 뒤이어 날았다. 그 갈매기의 날갯짓은 더욱 형편없는 것이

山をなした。捨てられた排水と汚物、ゴミなどの腐った匂いが潮の匂いとごちゃまぜになり鼻を突いた。糞の海と名づけることに少しの不足も無いこの潟の堤防は、それでも行くところの無い工業団地の人々の休息場所であった。

「わたしたちカモメ探しをしましょう。あっちのほうに飛んでいく五羽は除けて、新たに五羽を探すこと。」

ミジョンの言葉にミニョンが賭けを持ちかけた。

「いいわ、ジャジャン麺をおごること。」

〈引用２〉

ミジョンとミニョンは仁川橋が見える遠くの方まで見ても、一羽のカモメも探すことができなかった。海が開けている西側の端に潟を横切って架けられた仁川橋の上を車が疾走していた。

「あの時はチョルスンがジャジャン麺をおごったけど、今日はわたしたち二人のうち一人がおごるしかないわね。」

「あまりにも寒くてどこかにみんな隠れているようね。」

仁川橋の上を通り過ぎる車の車輪に巻かれたチェインの音が騒々しかった。

「あそこ。」

ミニョンが声をあげると同時に、二羽のカモメが橋の欄干の下から飛びあがった。雪が降りつづく水面の上を飛んでいくカモメの飛行は低く鈍かった。しきりにせわしく羽ばたくが、推進力を持たなかった。蒼空高く旋回しながら飛ぶ海のカモメとは思えなかった。もう一羽のカモメが続いて飛び立った。そのカモメの羽ばたきは一層思わしくなく、むしろウミガラスのそれに近かっ

어서 차라리 바다오리의 그것에 가까웠다. 겨우 수면 위를 바둥치며 나는 갈매기를 다 자신이 발견했다고 말하지 않았다.

“이제 세 마리만 더 찾으면 되는 거야.”

“왜, 두 마리지. 네가 세 마리 찾았잖아.”

“마지막 건 아냐. 날 줄 모르는 게 어떻게 갈매기야.”

민영은 단호하게 마지막 한 마리의 갈매기를 자신이 발견한 수자에서 제외시켰다. 자신의 권리를 위해 싸울 줄 모르는 사람은 노동자가 아냐. 철순이 그렇게 말한 건 노조 결성 준비를 시작한 뒤였다.

셋이 주도한 잔업 특근 거부는 예상 이상의 파문을 일으켰다. 화공부와 페인팅실 전원이 잔업을 거부했고 그 다음 날 특근은 성형과 제형 부서에서까지 출근 않은 사람이 나왔다. 월요일 출근했을 때 셋을 기다리고 있는 것은 사직서와 각서였다. 그들은 탈의장에 가기도 전에 사무실로 불려 올라갔다.

(방현석, 「새벽출정」, 『20세기 한국소설』 46권, 2006)

た。やっとのことで水面の上をじたばたして飛んでいくカモメを、自分が発見したなんてだれも言えなかった。

「あと三羽だけ探せばいいわ。」

「どうして、二羽でしょう。あなたが三羽探したじゃない。」

「最後のは違うわ。飛ぶ事も知らないでどうしてカモメと言えるの。」

ミニョンは断固として最後の一羽を自分が発見した数から除外させた。自分の権利のために戦う事を知らない人は労働者でない。チョルスンがそのように言ったのは、労組結成準備を始めた後であった。

三人が主導した残業特別勤務拒否は予想以上の波紋を起こした。化工部とペインティング室の全員が残業を拒否し、次の日の特別勤務は、成型と製型の部署にまで出勤しない人が出た。月曜に出勤した三人を待っていたのは退職願と覚書であった。彼らは脱衣場に行く前に事務室に呼ばれて行った。

（訳：野口なごみ）

2.『われらの歪んだ英雄』(우리들의 일그러진 영웅)
：李文烈(이문열)

<인용 1>

여하튼 나는 석대가 맛보인 그 특이한 단맛에 흠뻑 취했다. 실제로 그날 어둑해서 집으로 돌아가는 내 머릿속에는 그의 엄청난 비밀을 담임선생에게 일러바쳐 무얼 어째 보겠자는 생각 따위는 깨끗이 씻겨지고 없었다. 나는 그의 질서와 왕국이 영원히 지속되기를 믿었고 바랐으며, 그 안에서 획득된 나의 남다른 누림도 그러하기를 또한 믿었고 바랐다. 그런데 그로부터 채 넉 달도 되기 전에 그 믿음과 바람은 모두 허망하게 무너져버리고 몰락한 석대는 우리들의 세계에서 사라지게 되고 마는 것이었다.

혁명이라 부르기에는 너무 갑작스럽고 또 약간은 엉뚱하기도 한 그 기묘한 혁명의 발단과 경과는 이러했다.

6학년으로 올라가면서 우리는 본격적인 중학 입시 준비에 들어가고 담임선생도 거기에 맞춰 바뀌었다.

<인용2>

"지금껏 선생님이 알아낸 것은 석대와 저 아이들이 시험지를 바꾸어 공정한 채점을 방해한 것뿐이다. 하지만 그것만으로는 아직 넉넉하지 못하다. 우리 반을 새롭게 만들어나가기 위해서는 먼저 그릇된 지난날부터 정리돼야 한다. 내 짐작으로는 그 밖에도 석대가 한 나쁜 짓들이 많이 있을 것이다. 이제 1번부터 차례로 자신이 알고 있는 석대의 잘못이나 석대에게 당한 괴로운 일들을 있는 대로 모두 얘기해 주기 바란다."

〈引用 1〉

ともかくわたしはソクテが味わわせてくれたあの特異な甘い味にどっぷりと酔っていた。実際あの日暗くなって家に戻るわたしの頭の中には、彼のとんでもない秘密を担任の先生に注進して、何がどうかなるかを見てみようという考えなどは、きれいになくなっていた。わたしは彼の秩序と王国が永遠に持続する事を信じかつ願い、その中で獲得したわたしの特別待遇も又そうであることを信じかつ願った。ところで、それから四ヶ月にもならないうちに、その信じかつ願ったことは全てむなしく崩れてしまい、没落したソクテはわれわれの世界から消えてしまうのであった。

革命と呼ぶにはあまりにも突然で、また若干突飛でもあったその奇妙な革命の発端と経過はこのようである。

六年に進級すると、われわれは本格的な中学入試準備に入り、担任先生もそれに合わせて変わった。

〈引用２〉

「今まで先生が明らかにしたことは、ソクテとあの子達が試験問題をすり替え、公正な採点を妨害したことだけだ。しかしそれだけではまだ十分でない。このクラスを新しく作り上げるためには、まず間違った過去から整理しなくてはならない。わたしが思うには、そのほかにもソクテがした悪いことは多いはずだ。これから一番から順番に自分が知っているソクテのよくないこととか、ソクテから受けた辛かった事をありのままに全て話してくれるように。」

이번에도 시작은 부드러운 목소리였다. 그러나 다시 눈을 흡뜨고 쏘아보는 석대의 눈길에 흠칫해진 아이들이 머뭇거리자 그 목소리에는 이내 날이 섰다.

“5학년 때 담임선생님께 작년에 있었던 일을 얘기 들었다. 그분의 말씀으로는 그때 아무도 석대의 잘못을 써내 주지 않아 이 학급에 아무런 문제가 없는 줄 알고 계속해 석대를 믿게 되었다고 하셨다. 오늘 나도 마찬가지다. 너희들이 석대의 딴 잘못들을 알려주지 않는다면 이제 시험지 바꾼 일의 벌은 끝났으니 나머지는 지금까지 지내온 대로 다시 석대에게 맡길 수밖에 없다. 그래도 좋겠나? 1번 우선 너부터 말해 봐.”

그 말은 금세 효과를 냈다. 실은 아이들도 내가 늘 얕봤던 것처럼 맹탕은 아니었다. 다만 서로 힘을 합칠 줄 몰랐을 뿐. 마음속에서 불태우던 분노와 굴욕감은 한참 석대와 맞서고 있을 때의 나와 크게 다르지 않음이 분명했다. 변혁에 대한 열렬한 기대도. 그리하여 이제 문턱까지 이른 변혁이 다시 뒷걸음질 치려 하자 용기를 짜내 거기 매달렸다.

“석대는 내 연필 깎기를 빌려가 돌려주지 않았습니다. 단속 주간이 아닌데도 쇠다마(구슬)를 뺏어가고.....”

(…중략…)

이윽고 39번 내 차례가 왔다.

“저는 잘 모릅니다.”

내가 선생님을 쳐다보고 그렇게 말하자 일순 교실 안이 조용해졌다. 그러나 그것도 잠시, 담임선생님보다 먼저 아이들이 와 하고 내게 덤벼 들었다.

今度もはじまりは柔らかな声であった。しかし、再び目をむいてにらみつけるソクテの目付きにびくっとした子供たちがもじもじするや、その声はすぐに鋭くなった。

「五年生の時の担任の先生から昨年あったことを聞いた。その先生の話では、その時は誰もソクテの間違いを書かなかったので、このクラスには何の問題もないと考えて、引き続きソクテを信じることにしたとのことだった。今日のわたしも同じ考えだ。君たちがソクテの他の過ちを知らせてくれなかったら、もう試験問題すり替えの罰は終ったから、あとは今まで通りに、再びソクテに任すしかない。それでもいいのか。1番、まず君から言ってみろ。」

その言葉はすぐに効果があった。実はクラスの子供たちもわたしがいつも見下していたほどには無感情ではなかった。ただ互いに力を合わせる事を知らないだけ。心の底で燃え上がる憤怒と屈辱感は、ずっとソクテと相対していた時のわたしと大きく違わないことは明らかであった。変革に対する熱烈な期待も。そしていまや敷居まで来ていた変革が、再び後ずさりをしそうになるや、勇気を搾り出してそこにしがみついた。

「ソクテはわたしの鉛筆削りを借りていって戻しませんでした。取り締まり週間でないのに鉄のビー玉を奪っていって…。」

(…中略…)

続いて39番の私の番が来た。

「わたしは知りません。」

わたしが先生を見上げてそういうと、一瞬教室の中が静まり返った。しかしそれも少しの間で、担任の先生よりも先に子供たちがワッと言ってわたしにくってかかった。

"너 정말 몰라?"

"저 새끼, 순 석대 꼬붕이.... "

"넌 임마, 쓸개도 없어?"

아이들은 담임선생님만 없으면 그대로 내게 덮칠 듯한 기세로 퍼부어댔다. 나는 그들이 뿜어대는 살기와도 같은 흉맹한 기운데 섬뜩했으나 그대로 버텼다.

"정말로 모릅니다. 전학 온 지 얼마 안 돼서...."

(이문열, 「우리들의 일그러진 영웅」, 『이상문학상 작품집』, 문학사상사, 1987)

「お前、本当に知らないのか。」

「こいつ、正真正銘のソクテの子分が…。」

「貴様、腑抜けか。」

子供たちは担任の先生さえいなかったらそのまま襲いかかりそうな勢いで罵った。わたしは彼らから吐き出される殺気ともいえるような凶暴な気勢にギョッとしたがなんとか持ちこたえた。

「本当に知りません。転校してきてそんなにも経っていないし…。」

（訳：野口なごみ）

3.『父の地』(아버지의 땅) : 林哲佑(임철우)

<인용 1>

노인은 어느 틈에 꾸짖는 듯한 말투로 혼자 중얼거리고 있었다. 두개골과 다리뼈를 꼼꼼히 문질러 닦은 뒤, 노인은 몸통뼈에 묶인 줄을 풀어내기 시작했다. 완강하게 묶인 매듭은 마침내 노인의 손끝에서 풀리었다. 금방이라도 쩔걱쩔걱 쇳소리를 낼 듯한 철사줄은 싱싱하게 살아 있었다. 살을 녹이고 뼈까지도 녹슬게 만든 그 오랜 시간과 땅 밑의 어둠을 끝끝내 견뎌내고 그렇듯 시퍼렇게 되살아 나오는 그것의 놀라운 끈질김과 냉혹성이 언뜻 소름 끼치도록 무서움증을 느끼게 했다.

노인은 손목과 팔에 묶인 결박까지 마저 풀어낸 다음 허리를 펴고 일어서더니 줄 묶음을 들고 저만치 걸어 나갔다. 그가 허공을 향해 그것을 멀리 내던지는 순간 나는 까닭 모르게 마당가에서 하늘을 치어다보며 서 있는 어머니의 가녀린 목줄기와 그녀가 아침마다 소반 위에 떠서 올리곤 하던 하얀 물 사발이 눈앞에 떠올랐다가 스러져 버리는 것이었다.

<인용2>

술이 가득 차오른 반합 뚜껑을 나는 두 손으로 받쳐 들었다. 저것 봐라이. 날짐승도 때가 되면 돌아올 줄 아는 법이다. 어머니가 말했다. 저만치 웬 사내가 서 있었다. 가슴과 팔목에 철사줄을 동여맨 채 사내는 이쪽을 응시하며 구부정하게 서 있었다. 퀭하니 열려 있는 그 사내의 눈은 잔뜩 겁에 질려 있는 채로였다. 애앵. 총성이 울렸고 그는 허

〈引用 1〉

老人はいつの間にかなじるような口調で一人言をつぶやいていた。頭蓋骨と足の骨を注意深く拭き磨き上げた後、老人は胴体の骨を縛ってある鉄線をほどき始めた。頑丈に結ばれた結び目はついに老人の指先によってほどかれた。今にもカチンカチンと金属音を出しそうな鉄線は生き生きとしていた。肉を溶かし、骨までもさび付かせたその長い時間と、土の中の暗闇を最後まで耐え抜いたとでもいうかのように、真っ青に生き返ったその驚くべき根気強さと冷酷さに、ふと鳥肌が立つような恐怖感をおぼえた。

老人は手首と腕の縛りもすべてほどき終わると、腰を伸ばし起き上がり、鉄線の束を持ち上げ少し歩いた。彼が虚空に向かってそれを遠く放った瞬間、わたしはわけもわからず、庭の端で天を見上げて立っている母のか弱い首筋と、彼女が毎朝膳の上に汲んで載せていた白い水鉢が目の前に浮かびあがったかとおもうと消えたのであった。

〈引用 2〉

酒がなみなみと満たされた飯ごうの蓋をわたしは両手で持った。あれをご覧。鳥でさえ時が来れば戻ってくる事を知っているのに。母が言った。少しはなれて見知らぬ男が立っていた。胸と手首に針金を巻きつけたまま、男はこっちを凝視し、前かがみに立っていた。おちくぼんで精気なく見開いているその男の目はおびえきっているままであった。ビューン銃声がうなり、彼は崩れ

물어지듯 앞으로 고꾸라지고 있었다. 불현듯 시야가 부옇게 흐려왔다.

아아. 아버지는 지금 어디에 쓰러져 누워 있을 것인가. 해마다 머리맡에 무성한 쑥부쟁이와 엉겅퀴 꽃을 지천으로 피워내며 이제 아버지는 어느 버려진 밭고랑, 어느 응달진 산기슭에 무덤도 묘비도 없이 홀로 잠들어 있을 것인가.

반합 뚜껑에서 술이 쫄쫄 흘러 떨어지고 있었다.

<인용3>

이제 노인의 모습은 더 이상 보이지 않았다. 그새 수북이 쌓인 눈을 밟으며 나는 오던 길을 천천히 되돌아가기 시작했다. 걸음을 옮길 때마다 어깨에 멘 소총이 수통과 부딪치며 쩔렁쩔렁 소리를 냈다. 나는 어깨로부터 전해오는 그 섬뜩한 쇠붙이의 촉감과 확실한 중량을 새삼스레 확인하고 있었다. 그리고 항상 누구인가를 겨누고 열려 있는 총구의 속성을, 그 냉혹함을, 또한 그 조그맣고 둥근 구멍 속에서 완강하게 똬리를 틀고 앉아 있는 소름 끼치는 그 어둠의 깊이를 생각했다.

까우욱. 까우욱.

어느 틈에 날아왔는지 길 옆 밭고랑마다 수많은 까마귀들이 구물거리고 있었다. 온 세상 가득히 내려 쌓이는 풍성한 눈발 속에 저희들끼리만 모여서 새까맣게 구물거리며 놈들은 그 음산함과 불길함을 역병처럼 퍼뜨리고 있는 것이었다. 얼핏, 쏟아지는 그 눈발 속에서 나는 얼어붙은 땅 밑에 새우등으로 웅크리고 누운 누군가의 몸 뒤척이는 소리를 들었다. 아버지였다. 손발이 묶인 아버지가 이따금 돌아 누우

るように前にばったり倒れた。ふいに視野が白くかすんだ。

ああ、父は今どこに倒れて横たわっているのだろうか。毎年枕元に繁茂するヨメナや野アザミの花をそこらじゅう咲かせて、今や父は荒れた畝間、どこかの陽の当たらない山裾に墓もなく墓碑もなく一人で眠っているのだろうか。

飯ごうの蓋から酒がツーッ、ツーッと流れ落ちていた。

〈引用３〉

老人の姿はもう見えなかった。その間に高く降り積もった雪を踏みしめながら、わたしは来た道をゆっくりと戻り始めた。歩くごとに肩に担いだ小銃が水筒とぶち当たりガチャガチャと音を立てた。わたしは肩から伝わってくるそのひやりとする金属のぶつかる触感と確かな重みを改めて確認していた。そしていつも誰かを狙い開いたままの銃口の属性を、その冷酷さを、またその小さく丸い穴の中で頑強にとぐろを巻いている鳥肌が立つあの暗闇の深さを思った。

カァーッ、カァーッ。

いつの間に飛んできたのか、道ばたの畦ごとにたくさんのカラスがうごめいていた。地面一面に降り積もり、降りしきる大量の雪の中に、自分たちだけが集まり、真っ黒にうごめき、そいつらはその陰惨さと不吉さを疫病のように撒き散らしているのであった。ふと、降りしきるその雪の中で、わたしは凍りついた土の下で背を丸めてしゃがみこみ倒れている誰かがごそごそ動いている音を聞いた。父であった。手足を縛られた父が時々寝返りを

며 낮은 신음을 토해내고 있었다. 나는 황량한 들판 가운데에 서서 그 몸집이 크고 불길한 새들의 펄렁거리는 날갯짓과 구물거리는 모습을 오래오래 지켜보았다.

머리 위로 눈은 하염없이 쏟아져 내리고 있었다. 함박눈이었다. 굵고 탐스러운 눈송이들은 세상을 가득 채워버리려는 듯이 밭고랑을 지우고, 밭둑을 지우고, 그 위에 선 내 발목을 지우고, 구물거리는 검은 새 떼를 지우고, 이윽고는 들판과 또 마주 바라뵈는 거대한 산의 몸뚱이마저도 하얗게 하얗게 지워가고 있었다. 그것은 어머니가 새벽마다 샘물을 길어와 소반 위에 떠서 올려놓곤 하던 바로 그 사기대접의 눈부시도록 하얀 빛깔이었다.

(임철우, 「아버지의 땅」, 『20세기 한국소설』 41권, 창비, 2006)

打ち、低いうめき声をあげていた。わたしは荒涼とした平原のまん中に立ち、その図体がでかく不吉な鳥たちのバタバタいう羽音と、うごめいている姿を長いこと見守った。

頭の上にとめどなく雪は降り注いでいた。ボタン雪であった。大きく見事な雪は、この世をびっしり埋め尽くしてしまおうとでもいうように、畑の畝と畝の間の道を消し去り、あぜ道を消し去り、その上に立つわたしの足首を消し去り、もぞもぞうごめいている黒い鳥の群を消し去り、つづいて平原と、また向かい合って見える巨大な山の姿までも白く白く消し去っていた。それは、母が毎朝湧き水を汲んできては、膳の上に汲んで載せていた、まさにその陶磁器の平鉢の眼にもまぶしい白であった。

（訳：野口なごみ）

4.『労働の夜明け』(노동의 새벽)：朴勞解(박노해)

지문을 부른다

진눈깨비 속을
웅크려 헤쳐 나가며 작업시간에
가끔 이렇게 일보러 나오면
참말 좋겠다고 웃음 나누며
우리는 동회로 들어선다

초라한 스물아홉 사내의
사진 껍질을 벗기며
가리봉동 공단에 묻힌 지가
어언 육년, 세월은 밤낮으로 흘러
뜻도 없이 죽음처럼 노동 속에 흘러
한번쯤은 똑같은 국민임을 확인하며
주민등록 경신을 한다

평생토록 죄진 적 없이
이 손으로 우리 식구 먹여살리고
수출품을 생산해 온
검고 투박한 자랑스런 손을 들어
지문을 찍는다
아

指紋を呼ぶ

みぞれの中を
身をすくめ　かき分けかき分け　作業時間に
時おり　このように　用事があって出かけるのは
ほんとに　うれしいと　笑い合いながら
われわれは　役所に　足を踏み入れる

みすぼらしい　29歳の男の
写真の裏紙を　はがしながら
カリボン洞の　工業団地に　埋もれて
早や六年、歳月は　昼夜と流れ
無意味に　死んだように　労働の中に　流れ
たまに一度くらいは　同じ国民である事を　確認し
住民登録を　更新する

終生ずっと　罪を犯すことなく
この手で　わが家族を養い
輸出品を　生産してきた
まっ黒く　ぶ厚い　自慢の手を上げ
指紋を押す
あっ

없어, 선명하게
없어,
노동 속에 문드러져
너와 나 사람마다 다르다는
지문이 나오지를 않아
없어, 정형도 이형도 문형도
사라져 버렸어
임석경찰은 화를 내도
긴 노동 속에
물 건너간 수출품 속에 묻혀
지문도, 청춘도, 존재마저
사라져 버렸나봐

몇 번이고 찍어 보다
끝내 지문이 나오지 않는 화공약품 공장
아가씨들은 끝내 울음이 북받치고
줄지어 나오는, 지문 나오지 않는 사람들끼리
우리는 존재조차 없어
강도질해도 흔적도 남지 않을거라며
정형이 농지껄여도
더이상 아무도 웃지 않는다

지문 없는 우리들은

ないっ、鮮明に
ないっ、
労働の中に　くずれ落ち
君と僕　一人一人　違うという
指紋が　出てこない
ないっ、鄭兄も　李兄も　文兄も
消えてしまった
立会いの警察が　怒ろうとも
長い労働の中に
海を　越えていった　輸出品の中に　埋められ
指紋も、青春も、存在すら
消えてしまったようだ

何度も　押してみるが
結局　指紋が出てこない　化工薬品工場の
娘達は　ついには　涙がこみあげ
つぎつぎと出てくる、指紋が出てこないもの同士
われわれは　存在すらなく
強盗をしでかしても　痕跡も　残らないだろうといいながら
鄭兄が　冗談めかして言うが
もうこれ以上　誰も笑わない

指紋のない　われわれは

얼어붙은 침묵으로
똑같은 국민임을 되뇌이며
파편으로 내리꽂히는 진눈깨비 속을 헤쳐
공단 속으로 묻혀져 간다
선명하게 되살아날
지문을 부르며
노동자의 푸르른 생명을 부르며
되살아날
너와 나의 존재
노동자의 새봄을
부르며 부르며
진눈깨비 속으로,
타오르는 갈망으로 간다

(박노해, 「지문을 부른다」, 『노동의 새벽』, 풀빛, 1984)

손 무덤

올 어린이날만은
안사람과 아들놈 손목 잡고
어린이 대공원에라도 가야겠다며
은하수를 빨며 웃던 정형의
손목이 날아갔다

凍りついた　沈黙の中
同じ国民であることを　くり返し言い合いながら
破片になって　突き刺すように降る　みぞれを　かき分け
工業団地の中に　埋もれていく
鮮明に　再生する
指紋を　呼びながら
労働者の　生き生きとした生命を　呼びながら
再生する
君と僕の存在
労働者の　あらたな春を
呼びながら　呼びながら
みぞれの中に、
燃え上がる　渇望をいだき　進むのだ

（訳：野口なごみ）

手のお墓

今年の　子供の日だけは
妻と　息子の手首を　握り
子ども大公園にでも　行かなければと
「銀河水」（タバコの銘柄）を　吸いながら　笑っていた　鄭兄の
手首が　飛んでいった

작업복을 입었다고
사장님 그라나다 승용차도
공장장님 로얄살롱도
부장님 스텔라도 태워 주지 않아
한참 피를 흘린 후에
타이탄 짐칸에 앉아 병원을 갔다

기계 사이에 끼어 아직 팔딱거리는 손을
기름먹은 장갑 속에서 꺼내어
36년 한많은 노동자의 손을 보며 말을 잊는다
비닐봉지에 싼 손을 품에 넣고
봉천동 산동네 정형 집을 찾아
서글한 눈매의 그의 아내와 초롱한 아들놈을 보며
차마 손만은 꺼내 주질 못하였다

훤한 대낮에 산동네 구멍가게 주저앉아 쇠주병을 비우고
정형이 부탁한 산재관계 책을 찾아
종로의 크다는 책방을 둘러봐도
엠병할, 산데미 같은 책들 중에
노동자가 읽을 책은 두 눈 까뒤집어도 없고

화창한 봄날 오후의 종로거리엔
세련된 남녀들이 화사한 봄빛으로 흘러가고

作業服を　着ているからと
社長の　グラナダ乗用車も
工場長の　ロイヤルサロンも
部長の　ステラも　乗せてくれず
長い間　血を流した後に
タイタンの荷台に座り　病院に　行った

機械にはさまれ　いまだ　ドクドク脈打つ手を
油まみれの　軍手の中から　引き出し
36年の　恨み多き　労働者の手を見て　言葉を失う
ビニール袋に包んだ手を　ふところに入れ
奉天洞山腹の鄭兄の家を訪ね
人のよさそうな目をした彼の妻と　利発そうな息子を見て
とても　手だけは　渡すことなどできなかった

白々とした真昼に　山腹の　雑貨屋に座りこみ　焼酎を空にし
鄭兄が頼んだ　労災関係の本を探し
鐘路の　大きいという　本屋を回ってみても
こん畜生、山のようにある本の中に
労働者が読む本は　両の目を　むいても　無い

のどかな春の午後の　鐘路の街には
洗錬された　男女が　華やかな春の光に　ながれて行き

영화에서 본 미국상가처럼
외국상표 찍힌 왼갖 좋은 것들이 휘황하여
작업화를 신은 내가
마치 탈출한 죄수처럼 쫄드만

고층 사우나빌딩 앞엔 자가용이 즐비하고
고급 요정 살롱 앞에도 승용차가 가득하고
거대한 백화점이 넘쳐흐르고
프로야구장엔 함성이 일고
노동자들이 칼처럼 곤두세워 좆빠져라 일할 시간에
느긋하게 즐기는 년놈들이 왜이리 많은지
 －원하는 것은 무엇이든 얻을 수 있고
  바라는 것은 무엇이든 이룰 수 있는－
선진조국의 종로거리를
나는 ET가 되어
얼나간 미친 놈처럼 헤매이다
일당 4,800원짜리 노동자로 돌아와
연장노동 도장을 찍는다

내 품속의 정형 손은
싸늘히 식어 푸르뎅뎅하고
우리는 손을 소주에 씻어 들고
양지바른 공장 담벼락 밑에 묻는다

映画で見た　米国の商店街のように
外国商標が　刷られた　いろいろな　素敵なものが　まばゆく輝き
作業靴を　はいた　僕が
まるで　脱出してきた囚人のように　身をすぼめているが

高層サウナビルの前には　自家用車が　列をなし
高級料亭のサロンの前にも　乗用車が一杯で
巨大な百貨店が　満ちあふれ
プロ野球場には　喊声が　起こり
労働者達が　刃のように神経を尖らせ　死にものぐるいに　仕事をしている時間に
のうのうと　楽しむものどもの　どうしてこんなに　多いのか
―欲しいものは　なんでも　手に入れることができ
　願う事は　なんでも　叶える事ができる―
先進祖国の　鐘路の街を
わたしは　ETになり
気が抜けた　狂った者のように　うろつく
日当４,800ウォンの　労働者に戻り
延長労働のハンコを　押す

わたしのふところの中の　鄭兄の手は
冷たく冷え　青白く
われわれは　手を　焼酎で洗い　持ち上げ
日あたりのいい　工場の塀の下に　埋める

노동자의 피땀 위에서
번영의 조국을 향락하는 누런 착취의 손들을
일 안하고 놀고먹는 하얀 손들을
묻는다
프레스로 싹둑싹둑 짓짤라
원한의 눈물로 묻는다
일하는 손들이
기쁨의 손짓으로 살아날 때까지
묻고 또 묻는다

(박노해,「손무덤」,『노동의 새벽』, 풀빛, 1984)

労働者の　血の汗の上で
繁栄の祖国を　享楽する　薄汚れた　搾取の手を
仕事をせず　遊び食う　白い手を
埋める
プレスで　ざくざくと切り刻み
怨恨の涙で　埋める
仕事をする手たちが
喜びの手振りで　再生する　その日まで
埋めて　また　埋める

（訳：野口なごみ）

▩1980 年代韓国文学作品解説 ▩

労働文学の叙情性と「光州」・「分断」の現在性

ーバン・ヒョンソクの「夜明けの出征」、李文烈の「われらの歪んだ英雄」、林哲佑の「父の地」、朴労解の詩集『労働の夜明け』

1.「労働文学」の叙情性に関する再解釈

しばしば韓国の1980年代を「火の時代」と呼ぶ。1980年5月には「光州事件(民主化運動)」[69)]があり、1987年6月には市民と学生たちによる「民主化大闘争」[70)] が、7・8月には労働者達の大闘争(ゼネスト)[71)]などが続いた。一言で言えば韓国の80年代は激変の時代であった。

1980年代はまたイデオロギーの時代でもあった。ヨーロッパと日本はいちはやく、1968年を経て「新しい社会主義(ニューレフト)」実験さえ終えた状態であったが、韓国はそれに遅れること10年余り、1980年代に大学と労働界に強い社会主義の風が吹き込んだ。それには二つの理由、すなわち「分断」と「光州事件」があった。1945年以後、30～40年間続いてきた「分断」は、「社会主義」という名前すら口に出すことの出来ない強力な「反共体制」を構築した。したがって韓国で多様な社会主義の実験云々ということは最初から不可能に近いことであった。このような禁忌を壊したのが、1980年5月の「光州事件」。暴圧的な軍部独裁体制を乗りこ

---

69) 1980年５月18日から27日まで全羅南道および光州市民たちが戒厳令撤廃と全斗煥退陣、金大中釈放などを要求してくり広げた民主化運動。

70)「6月民主化大闘争」あるいは「6月民主抗争」。1987年6月ソウル市庁前広場をはじめとし全国的に起こった民主化デモで、軍部政権による非民主的選挙制度などの改善を成し遂げた。以後民主的な政権交代の踏み石となった。

71)「7・8月労働者大闘争」。1987年の「6月民主化大闘争」の影響で実質的に有名無実であった労働3権が7月と8月に一気に爆発したもので、現代重工業(造船)と現代自動車などが集まっている蔚山の現代グループ労働者の大規模デモを筆頭に全国的に拡散した労働者の大闘争。

えるための唯一の対案として、労働する大衆を全面に押し出した社会主義変革、という道が提起されたのである。拘束と処罰を甘受した選択であったのは勿論である。

この時代の文学もやはり、当時の社会の流れと無関係ではあり得なかった。当代の文壇を支配していたのは、新しいムック誌を通した「(急進的)民族文学」、あるいは「民衆(労働)文学」であった。これは80年代「光州体制」の登場とともに断行された、『創作と批評』と『文学と知性』など当時の権威ある雑誌などの廃刊とも無関係ではない。既存の文学でない新しい文学の登場を新軍部政権が促がす結果になったが、そのような新しい文学の一番先頭に位置を占めている作家が、まさに朴勞解であった。

朴勞解は1980年代の労働運動と労働文学の復興とともに彗星のように韓国の文壇に登場した。非定期刊行物であるムック誌『詩と経済』(1983年)に「シタ[73]の夢」などの詩を発表して登場した彼は、「具体的現場性」と「実践的運動性」を結合させた抜群の作家として評価[72]されはじめた。

“ガタガタ　ガタ／ミシンを踏んで、夢のようなミシンを踏み／二粒のタイミングで徹夜に耐えている／シタの凍った手で／ばら色の夢を切り刻み／叶うことの無い虚しい夢をザクザクと切り刻み”革の型紙をミシン台に載せている縫製工の「シタ」の夢は“将軍のように　堂々とした顔で　ミシンを踏み／凍った体を包んであげる／あたたかな服を作る”ということである(「シタの夢」)。覚醒剤「タイミング」を飲みながら徹夜をするシタの前に立ったミシン工がまるで「将軍」のように見えるという内容が非常に印象的である。

“壁に掛けられたカレンダーを見ながら／赤い数字は父の休日だと／ミ

72) チェ・グヮンソク(채광석),「労働現場の労働者」,『労働の夜明け』, プルピッ, 1984年
73) 工場の下っ端の作業員を指す言葉

ンジュはクレヨンで今月は6個も丸をつけておいた”が、“足取りも重く蒼白な顔で／のどかな新緑の休日を避け／(…)薄汚く黄ばみに黄ばんだ牛のように／休日特勤に”行く家長の姿を描いた詩「休日特勤」は、前に言及した「シタの夢」とともに、80年代はじめの韓国の長時間・低賃金の労働現場を描いた作品であるといえる。

しかし朴労解の最も代表的な作品は、やはり対訳で引用した詩「指紋を呼ぶ」と「手のお墓」といえる。“カリボン洞の　工業団地に　埋もれて／早や六年”ぶりに、韓国の分断制度が作り出した「住民登録証」を更新するために、一人の労働者が「指紋」を押してみるが、“労働の中に　くずれ落ち／君と僕　一人一人　違うという／指紋が　出てこない”というのである。指紋は“長い労働の中に／海を　越えていった　輸出品の中に”ともに埋められ消えてしまい、指紋とともに“青春も、存在すら／消えてしまったのか”とため息をつく。“強盗をしでかしても　痕跡も　残らないだろうといいながら／鄭兄が　冗談めかし言うが／もうこれ以上　誰も笑わない”という表現の中には、劣悪な労働環境のせいで消えた「存在(指紋)」に対する自嘲と憐憫がともに溶け込んでいる。

次いで引用したもう一つの詩「手のお墓」もやはり、労災を発生させたぬかるみのような労働環境を問題にしている。“機械にはさまれ　いまだドクドク脈打つ手を／油まみれの　軍手の中から　引き出し”山腹に住む彼の家を訪ねたが、“人のよさそうな目をした　彼の妻と　利発そうな息子を見て／とても　手だけは　渡すことなどできない”まま戻ってきて、“日あたりのいい　工場の塀の下に”彼の手を埋める、という。

彼は鄭兄の手を埋めながら“繁栄の祖国を　享楽する　薄汚れた　搾取の手を／仕事をせず　遊び食う　白い手を”ともに埋めると言うが、このときの「白い手」とは、鄭兄の家から戻り、“洗練された　男女が　華やかな春の光に　ながれて行き／映画で見た　米国の商店街のように／外国商標が　刷られた　いろいろな　素敵なものが　まばゆく輝”く「のどかな春の午後の鐘路の街」を歩きながら出会った人たちの手を意味する。「作業靴をはいた」彼を「脱出してきた囚人」あるいは「ET」のように感じさせる彼らの手でもある。

単に低賃金・長時間労働と劣悪環境を問題とするだけに終らず、現実の「復讐」あるいは「転覆」を朴労解が夢見ていたことを知ることができる。しかし、現実の「復讐」を歌った彼の詩が、それほど生硬でも図式的でもない理由は、「当然の勝利」でない、“運命との争いを回避せず、その争いで壮烈に敗北”する準備ができている朴労解特有の「悲劇性」[74]のためだといえる。絢爛とした修辞と精製された詩的言語を彼の詩から探し出すことは難しいが、「具体的現場性」に基づいた輝かしい感受性は、彼の詩の所々に見出すことができる。

しかし彼の詩集『労働の夜明け』の後半部の詩の中で、たとえば“鮮明に　再生する／指紋を　呼びながら／労働者の　生き生きとした生命を　呼びながら／　再生する(「指紋を呼ぶ」)”のような内容とか、“どうすることもできない　この絶望の壁を／いっそ　ぶち壊し　わきあがる(「労働の夜明け」)”、あるいは“どんな苦難も　ともに　戦い抜こうと／わくわくする胸を　抱きながら／弓の弦のように　ピーンと／自分を　引き締める(「男性遍歴記」)”のような内容は、労働者の当然の勝利に向かう進軍歌のような印象をかもし出している。労働解放に向かうプロパガンダ、すなわち「理念的教義」[75]と彼が出会ったのである。

---

74) オ・ソンホ(오성호)「『労働の夜明け』の悲劇的性格」,『畿甸語文学』10･11号, 1996

75) スト闘争のような集会で朗読をするため作られた80年代後半に書かれた朴労解の後期の詩「種付けタリョン」(1988)あるいは「‘ヒロポン党’を結成して民衆に喜びを」(1989)のような「時事詩」は当時“スローガン主義でもない、左翼冒険主義でもない、変化した「中心的典型」を形象化”したと評価を受けてもいる。(チョ・ジョンファン:조정환,「‘労働の夜明け’と朴労解詩の変貌をとりまく争点批判」,『労働解放文学』, 1989.9.)

このような傾向は、80年代「労働小説」にも同じくあらわれている現象の一つである。もちろん全ての労働小説があふれんばかりの主義主張で一貫しているのではないが、そうだからといってあふれ出る「革命的浪漫主義(楽観論)」をレトリックで隠すことにもやはり限界がある。80年代労働小説を代表するチョン・ファジン[76)]の短篇『鉄さび水のように』(1987)と、パン・ヒョンソクの短篇『夜明けの出征』(1989),『明日を開く家』(1990)を見てみよう。

チョン・ファジンの「鉄さび水のように」はボーナス一つ無い鋳物工場で、肝の据わった若い労働者と、炭鉱村や鋳物工場の海千山千のベテラン労働者が力を合わせてキムチボーナスを獲得する過程を描いた作品である。目的意識的スローガンとか叫び声を前面に出していないためか、小説の全般にあらわれた情緒はとてもあたたかく心のどかである。事件の展開に無理がなく、息子が登場する最後の部分は、むしろゆったりとした感じさえ与える。パン・ヒョンソクの「夜明けの出征」もやはり、陶磁器を作る会社の労組結成過程と偽装廃業に対しての150日間の座り込み闘争を描いた小説らしく、全編に悲壮美が満ち溢れているのは事実であるが、だからといってもえるような憤怒と沸き立つ喊声に満ちた小説ではない。

たとえば“ミニョンは二組の組長になり正門を抜け出した。／ミジョンは最後の五組を率いて世光(セグァン)を出た。／真っ暗な明け方の空にひらめく旗だけが、無言の喊声で彼らの出征を見送った。”は、「明け方の出征」の最後の場面で悲壮美が最高潮に達するところである。隣の労組の助けにより労組結成には成功したが、偽装廃業に対する長期間の闘争の結末

76) チョン・ファジン(정화진)は1960年生まれで西江大英文科を卒業した。大学時代夜学活動をし、仁川の工場に旋盤工として就業した時があった。短篇「鉄さび水のように」(『文学芸術運動』1号, 1987年)はその時の経験をよみがえらせて書いた小説である。以後「歩哨に立ち(규찰을 서며)」と長編『鉄鋼地帯』と小説集『われわれの愛は野の花のように』などを発表した。

は決して楽観的でない。なんの成果も無い長い闘争を終らせるためにロウソク出征式を終えて出発する組合員達には、悲壮美に満ち溢れた決意があらわれている。しかし「夜明けの出征」の核心は、悲壮美あふれる出征式でなく、軟弱であった陶磁器工場の女性達が変化していく過程である。パン・ヒョンソクはこれをとても自然に、そしてあたたかく描き出すのに成功した。

“あのカモメたちはたぶん、引き潮にしたがって飛んで行ったら、広々とした海が開けているのを知らないのよ。労働者の運命は貧しさと屈辱だと思っているわたし達のように、糞の海が海の全てだと思っているのよ。”といい、希望を失った「労働者」を、もっと広い海があることすら知らずに、より高く飛ぶ事を放棄した仁川工業団地前の海の「カモメ」になぞらえている。陶磁器を作る工場のペインティング技術者として、あるいは組長として熱心に仕事をしてきた彼らであったが、会社の生産物量競争に苦しめられたあげく、その間の積もった不満を吐き出そうと出かけていくところが、彼らの唯一の休息空間である「糞の海」近くの土手であった。「糞の海」とは、工業団地から捨てられた「鉄さび水」と「化工薬品のカス」が混じり、不快な臭いが出ている80年代の仁川工業団地前の真っ黒な海を指して言う。そこで、彼らはもう残業と休日特別出勤に出まいと桃園結議[77]をする。

“ミニョンが声をあげると同時に、二羽のカモメが橋の欄干の下から飛びあがった。雪が降りつづく水面の上を飛んでいくカモメの飛行は低く鈍かった。しきりにせわしなく羽ばたくが、推進力を持たなかった。(…)もう一羽のカモメが続いて飛び立った。そのカモメの羽ばたきは一層思わしくなく、むしろウミガラスのそれに近かった。やっとのことで水面の上をじたばたして飛んでいくカモメを、自分が発見したなんてだれも言えなかった。”とい

77) 義兄弟の契りを結ぶこと

う場面では、青空を飛ぶことの出来ないカモメに対する絶望が感じ取れる。

「糞の海」でカモメ探しの遊びをしていた彼らは、青空を飛ぶことが出来ないカモメを自分が見つけたカモメに数えまいとしたのであるが、これは、これ以上夢と希望を失ったまま飛ぶことはしない、そんな労働者にならないという一つの誓いのようである。「糞の海」とも似ている労働現実が与える「具体的現場性」が、飛ぼうとするカモメ＝労働者の夢という「叙情性」あるいは「実践的運動性」と出会うという内容でもある。

叙情と浪漫の隙間を縫って主義主張がぎっしりと配置されていることが分かる。当時労働小説の典型化された方式として知られていた「典型的人物」の創造は、小説「夜明けの出征」においてもやはり例外でなかった。平凡な陶磁器ペインティング技術者から、150日の長期ストを率いていく労組委員長への変貌過程とは、すなわち「夜明けの出征」においての「典型的人物」を創造していく過程を意味する。先に述べたチョン・ファジンの短篇「鉄さび水のように」でもこのような「典型的人物」創造に作家が大いに力を入れていることが見て取れるが、問題は、そのようにして創造された人物たちの相当数がステレオタイプ化された二分法的人物だという点である。

チョン・ファジンの「鉄さび水のように」に出てくる典型性を持った男性労働者たちの場合、「普通の人たちより頭一つは大きい腰骨」、あるいは「たとえ体格は小さくとも労働で鍛錬された純筋肉質」と描かれているが、その反対側に立つ人間は、「白くぽっちゃりした中年の手指」と描写

78) 労働小説の中の労働者は「多声性を持った葛藤する人間」として描かれているが、資本家は「狡猾で貪欲的で利己的な人物」として描かれているという批判が1990年代以後、提起され始めた。(オ・チャンウン：오창은「1980年代労働小説に対する一考察―チョン・ファジン、ユ・スナ、パン・ヒョンソク小説を中心として」,『語文研究』51号, 語文研究学会, 2006)労働者階級に対する「一方的信頼」と資本家集団に対する「断固とした否定」が付与する「主体」の一方的視角と「複数の他者」を設定していない問題点も指摘されている。(チャ

されている 。[78]

「客観的真理」の再現、あるいはいわゆる「労働者階級の党派性」が具体化された、現場性と闘争性を持った「人物」を創造しなくては、というある種の強迫観念のようなものが当代の労働小説から感じ取れる。すぐれた文体を見せてくれる労働小説の場合ですら“高貴な出生―苦難―闘争―終局の勝利のような「口伝説話」の構図に似かよっている”という批判[79]から自由になり得ない根拠でもある。

1990年代後半以後、このような批判が主流をなすようになった背景には、おそらく転換した現実、たとえば1980年代には「4210ウォン(約400円)」だった韓国の陶磁器工場の労働者の日当が、20年の間に想像できないほどにに跳ね上がったとか、「仁川国際空港」になった仁川工業団地前の海を、いまやもう「糞の海」と言う人がいなくなったためであるかも知れない。

しかし問いただしてみると、労働現実がそれほど変化したわけでもない。「夜明けの出征」の「産業体学校生」がしていた仕事は、最近東南アジアからの「産業研修生という移住労働者」(最近「雇用許可制」になったが)が肩代わりをし、仁川工業団地を取り巻き新しく高層アパートが新都市を形成したことはしたが、その新都市と新都市の間の消えることの無い鶏小屋のような家を埋めているのは、「非正規職労働者」たちのため息と絶望である。

韓国と言う国境をさっとすくい出し、その境界を東アジアのある一方の端に下ろす場合、今―ここの時空間は、1980年代の韓国でもない、1960

ン・ジノ：장진호,「主体の楽観的意志と排他的信念―1980年代労働小説の場合」,『作家研究；1980年代文学』, 2003年上半期, キップンセム）

79) チョ・ジョンファン,「社会主義リアリズムの終末以後の労働文学」,『実践文学』57号, 実践文学社, 2000

年代でもない、ややもすると1920～30年代の韓国にさかのぼって行くかもしれない。人工衛星から眺めた東アジアの夜とは、韓国と日本と台湾と、そして大陸沿岸の大都市だけが真っ暗な東アジアの海に島のように光がちらちらしているだけである。

生産競争から生き残るために、東南アジアに企業を移転させる、いわゆるグローバル時代にふさわしくグローバル化した今—東アジアの労働現実とは、80年代の労働小説の現実とそれほど違いがない。変わりはしたが変わっていない今—東アジアという物差しで80年代の韓国の労働小説を読む場合、「救社隊」の暴力と「偽装廃業」は「過去」でなく、フィリピンとバングラデシュの「現在」として、韓国系企業の現実としてあらたに再解読され得るものである。

担任は何も言わず、彼を立たせたまま授業を始めたのだった。その次の、又その次の時間もそのままであった。(…)/食事を終えた先生たちが自分の席に戻ってはじめて思い出したかのようにソンマンを呼んで一言言った。(…)/「うーん、こいつ…」

しかし担任は爪きりを出して必要も無い爪の手入れしているだけであった。教務室の窓の外に吊るされた鐘がカンカンと鳴って、五時間目の始まりを知らせた。担任は再びチョーク箱と出席簿をそろえて何も言わずに出て行った。(…)

目に付かないように、片方の手で机の角を押して、先生たちの視線を避けて足の先をじっと見ていたソンマンは決心した。ここから逃げ出そう。どきどきと胸が脈打つのを押さえて、教務室をそっと抜け出した。すぐにも誰かに襟首をつかまえられる気がした。しかし誰も呼び止めなかった。廊下に逃れ出たソンマンはまっすぐに、少し大きめ

80) パン・ヒョンソク,「明日を開く家」,『創作と批評』, 1990

の空間があるカラタチの木の垣根に向かって一目散に走った。金を儲けよう。それが学校とは永遠の別れになったのだった。[80)]

パン・ヒョンソクの「明日を開く家」は、仁川の重工業の会社から解雇された中年家長の労働者を扱った小説である。解雇された後、再就職しようと思っても面接の段階で身元確認にひっかかり、再就職ができなかったということは、いわゆる「ブラックリスト」が横行していた80年代の韓国社会では日常に属することであった。しかしパン・ヒョンソクはこのような通念化された場面を、中学校時代に期成会費(授業料)を払えず、教務室に呼ばれて行き、ついには学校を飛び出して旋盤工になる場面の合間合間に巧みに混ぜ込み、独特の響きをかもし出すのに成功した。

むしろ中学校二学年の担任のように“体育服を着ていない彼に、テコンド三段の腕前で回し蹴りをする先生の方がよかった”といい、授業料を払わなかった、と言って一日中教務室に立たせた「年配の先生」は“貧しいことがどんなに大きな罪悪であるかを身に沁みて教えてくれた”という。今は見ることも聞くこともなくなった昔の話くらいに思うかも知れないが、実は目に見えない韓国のすみずみに依然として実存しているだけでなく、東アジアのあちこちで今も確認できる風景である。

先頭に立って動いて解雇され、出勤時間に抗議のチラシを撒くが、受取ったチラシを守衛室に進んで返納する同僚たち、抗議が少し激しいと見ると、あらゆる暴行と暴言がくり返され、ひっきりなしの夫婦喧嘩もやはり、ベトナムあるいはフィリピンの韓国系企業で今も十分に再現し得る風景である。雨の降る日、会社の正門の前で患者服の姿の解雇者に再三加えられる暴行を見るに耐えず、大声を出す臨月の妻、再三加えられる会社側の暴行による挫折の極点で見せる工作一部の同僚たちの「怒った獣」の咆哮のような「ウイッシャ、ウイッシャ」という喊声は、依然として「80年代末の韓国」を生きている「現在の東アジア」の人々には十分に感動的であるはずである。

2.「光州」と「分断」の現在性

次に、80年代のもう一つのキーワードを見てみることにする。第一に思い浮かぶ80年代のキーワードは、多分「光州」あるいは「分断」であろうが、これを代表する作家としては、第一にイム・チョルを上げることができる。彼の初期作は80年の光州の痛みを遠まわしに描いた作品が大部分である。「同行」(1984)とか「春の日」(1984)のように、直接的に光州の痛みを描いた作品もあるが、「不妊期」(1985)や「死産の夏」(1985)のように光州を比喩的に描いた作品もある。1980年の「光州事件」の中心地であった全南大学の復学生であった彼は、「光州」をむやみに口に出して言うことすら禁忌事項とされていた1980年代のはじめ、「光州」をアレゴリー的な方式で描き出した。

彼の代表作といえる「サピョン駅」(『民族と文学』、1983)と「父の地」(『文学思想』、1984)を見てみることにしよう。小説「サピョン駅」は、“内面奥深く、言うべき言葉が満ちているが/青い手のひらを炎の中に浸したまま/誰も何も言わなかった”というクァク・チェグ(곽재구)の詩「サピョン駅で」から書きはじめられている。クァク・チェグの詩「サピョン駅で」と同じく、労咳を患っている農夫が登場し、そのほかに長期囚、「アウシュビッツの虐殺」(光州事件の比喩)以後除籍処分された大学生、ソウル大学街の近所の飲み屋に出入りする女、衣料品の行商人などが小説「サピョン駅」にも登場する。

おが屑ストーブの側で彼らは、雪のために延着するという汽車を待ちながら、生きていくとは、について話を交わす。汽車が到着し、待っていた全ての人が汽車に乗って去って行ったが、一人だけ、「光州事件」によって精神を犯されたと思われる女だけがおが屑ストーブのそばにしゃがみこんでいる。駅長は彼女のためにおが屑をストーブに付け足してあげ、雪は一晩中ずっと降り続くところで小説は終っている。「光州事件」以後、何も言えずどうすることも出来ない暗澹とした状況を、雪の降る田舎の駅舎を通して一編の抒情詩のように再現した腕前は非常に印象的である。

このように「サピョン駅」は生活が大変な人々の空間であるが、互いに一言も言葉を交わす事の出来ない苛酷な時代の空気が感じられる空間でもある。彼らが初めて意思疎通ができたのは「おが屑ストーブ」のおかげである。「おが屑ストーブ」は雪が降り続く苛酷な時代を生きているカチカチに凍った心を溶かしてくれる唯一の希望である。到着した汽車に皆が乗り「サピョン駅」を去った後、そこに一人残った傷を負ったもう一つの霊魂のために、イム・チョルは一握りの「おが屑」の慰みを手渡した。

誰もが発言する事をためらっていた時代に、叙情的文体で「光州」に言及した彼が、80年代後半以後、集中的に扱ったのは「分断」と「朝鮮戦争(韓国では‘韓国戦争’)」である。「分断」が、「光州虐殺」と「軍部統治」と「反民主」を容認する根本構造である、と彼は判断したためである。1984年に書かれた小説「父の地」はこのような分断問題を「分断一世代」と「分断二世代」の和解を通して越えていこうとする。「父の地」は“奥深い傷痕としてのみ烙印されているだけのその憎たらしい”父の世代との和解を通して、「光州」と「分断」と「反民主」の転覆を夢見ている。

小説「父の地」で主人公は、最前線勤務をしていた時に、自分が属する部隊の隊員の一人が塹壕を掘ったところ、全身をピピ線(軍用有線電話線)で縛られて久しい一体の死体を発見した。報告を受けた小隊長は近隣の村の老人をそこに呼びつけた。このとき小隊長が死体に向かって、朝鮮戦争中に死んだ「パルチザン」「赤」云々と言うや、老人は細心の注意を払って死体の電話線を取り除きながら“このように死に絶えた後にまで、あっち側だこっち側だと、そんなことをわざわざいって何になるというんだ”といい皆をたしなめる。老人が縛ってある電話線を一つ一つほどいて行く過程を一緒に見守っていた主人公は、朝鮮戦争当時、北側に行って生死がわからない父を思い出した。

主人公は軍隊で初めての休暇をもらい故郷の家に帰った日、母がまだ父の誕生日を憶えていて、父の誕生日のお祝いの膳を準備しているので、ついに爆発してしまった事があった。“父はとっくに死んでしまったのですよ。いや、たとえ生きていたとしても、われわれにはその方がずっといいんです。”とか“いまさらどうやって。一体どんな顔して、顔を合わせるというのですか。”ということまで言った。

しかし南のものか北のものかわからない、自分の父かもしれない死体を縛ってあるものを老人が誠心誠意心を込めて解きほどいたとき、主人公はついに自分の足の下に埋められた全てを自分の父として受け入れる。死体を縛っていたものとは、すなわち南と北を強いて引き裂こうとしていた主人公の心を縛っていたものであり、南と北の境界すなわち分断を越えようとしていた全てのものを縛っていたものである。老人はそのような束縛を一つずつ注意深く解きほどく、という意味である。

朝鮮戦争当時、互いに犠牲を強いたせいでひときわカラスが多いこの地の下の全てのものを主人公が自分の父として受け入れた瞬間、黒い土地、黒いカラスの上に「白い雪」が降り始めた。小説の最後の場面を見てみよう。“ボタン雪であった。大きく見事な雪は、この世をびっしり埋め尽くしてしまおうとでもいうように、畑の畝間の道を消し去り、あぜ道を消し去り、その上に立つ僕の足首を消し去り、もぞもぞうごめいている黒い鳥の群を消し去り、つづいて平原と、また向かい合って見える巨大な山の姿までも白く白く消し去っていた。”

白い雪は、「父の地」を否認していた黒い僕の足首を消し去り、踏み固められた黒い畝間の道とあぜ道を消し去り、最後には骨肉相い争っていた全ての黒い平原と巨大な山の姿を消し去った。否定してきた父を抱いた瞬間、この世はまるで魔法にでもかかったように、分断＝黒の世界から、和解＝純白の世界に変貌していったのである。イデオロギーをイメージに置き換えていく腕前は本当に圧巻である。

最後に80年代に入り多くの問題作を発表した李文烈の小説「われわれの歪んだ英雄」を見ることにしよう。小説は小学校五年生の目を通して絶対権力を持った級長の存在と、その絶対権力の崩壊過程を描き出しているが、実は失われた「自由」と「民主」の回復方式と、その過程を共有する一般の人に有り得る変化過程をアレゴリー[81)]方式で描き出した作品と言うことができる。

ソウルから転校してきた主人公は、級長があらゆることをほしいままに牛耳っている田舎の学校に馴染めなかった。ソウルの学校で習った「自由」と「民主」に基づいて級長に何度か挑戦してみたが、彼はついに挫折してしまう。挫折が与えた痛みは辛いものであったが、級長が割愛してくれた権力の味は非常に甘いものであることを彼は覚った。

しかし六年生になり、新しい担任の先生が赴任してから、教室の雰囲気は「革命」に近いほどに急変していった。新しい担任の先生により級長の悪事がおもてに現れたためである。悪事が発覚し、級長は担任からひどく鞭打たれ、最後には倒れてしまう。彼はついに“間違って…いました。”というが、これは主人公をはじめとしたクラス全員にとって大きな「衝撃」的なことであった。絶対崩れることがないように見えた権力の没落を子供たちは目撃したのである。

問題は、その光景を目撃した子どもたちの態度である。子どもたちは“すでにソクテの力が弱くなったのを見て、それゆえためらうことなく、強い担任の先生を選んだ。”のであるが、その表現の中には「弱」でなく

---

81) アレゴリー(allegory)とは「違えて言う」というギリシア語allegoriaにその語源を置いている。実際話されることと違う別途の意味を持っているということである。「動物寓話」が代表的なアレゴリー手法を採用した作品と言える。李文烈は「オム・ソクテ」を正当性と正統性がない権力として、紅衛兵のような子どもたちは知識人出身の官僚、あるいは行政技術者として解釈されるだろうという。最初の担任は1960年～70年代のアメリカとして解釈され、二人目の担任は硬直した権威主義的な理念を想起させると言及したこともある。

「強」を選んだクラスの子供たち、すなわち「大衆」の卑怯さが含まれている。クラスの子供たちがソクテの他の悪事を続けざまに先生に告げると、主人公はその子供たちを“ソクテが崩れるのを見るや飛びかかって背中を踏みつける狡猾で卑劣な変節者”と批判し、ついに口をつぐんでしまう。

大衆はこのようにいつでも狡猾で卑劣なものなのか。小説の中にあらわれた大衆観は80年代の抵抗談論のなかの大衆観と大きく擦れ違う。もう一つの質問。結局は級長の側に立ち割愛を受けた権力の甘さに熱中している主人公のような知識人は、そのように意気地の無いものなのだろうか。結局この小説は、抵抗談論に心酔していた80年代の知識人たちと、彼らが信奉する大衆に対する問題提起を意味している。

もう一つの問題点は、絶対権力者の級長の没落と敗北がクラスの子供たちの力によって成されたのでなく、「新しい権力者」である新しく赴任してきた担任の先生によってなされた、という点である。変化を起こしたのは「大衆」でない「新しい権力」だ、という認識が作品の底辺に執拗に存在している。李文烈のこのような態度は、変化を渇望しているが、余りにも挫折だけをくり返していた80年代の韓国社会の一つの反映であるといえる。しかし作品が発表された年の1987年6月、変化を熱望する知識人と市民大衆は、ソウル市庁前の広場に集まり、自らの権威を取り返すための強力な抵抗を開始し、彼らの力により変化は成し遂げられた。80年代の韓国の社会が持つアイロニーの一面をかいま見ることができる。

(申 明直)

第8章

後期資本主義社会の徴候、そして文学の位相変化

ユ・ハ(유하, 1963～)
全羅北道高敞生まれで、1990年代初頭韓国社会の消費風景を自身の詩的テーマとした詩人である。代表的詩集としては「武林日記」「風の吹く日はアプクジョンドン(狎鴎亭洞)に行く」「世運商店街キッドの愛」などがあり、2000年以後のユ・ハは「結婚は狂った仕業だ」(2002)、「マルチュク青春通り」(2004)などを発表した影響力のある大衆映画監督でもある。

チャン・ジョンイル(장정일, 1962～)
大邱生まれで、1984年、詩「カンジョン(강정)へ行く」で文壇にデビューした。1990年代韓国文学の悪童と呼ばれて、新世代文学の新たな傾向を主導した。小説『アダムが目覚める時』(1991)を筆頭に『君に私をあげる』、『君たちジャズを信ずるか』、『私に嘘を言ってみろ』などの彼の小説はしばしば映画化されもした。

ペ・スア(배수아, 1965～)
ソウル生まれで、1993年「一九八八年の暗い部屋」が当選して文壇にデビューした。最初の創作集として『青いリンゴがある国道』を、以後『ラプソディ イン ブルー』、『風人形』、『不注意な愛』、『深夜通信』などの作品世界をへて、2000年代以後は『イバナ』、『日曜日のスキヤキ食堂』、『エッセイストの机』などに続く活発な作品活動を見せている。

キム・ヨンハ(김영하, 1968～)
慶尚北道高靈生まれで1995年リビュ誌の「鏡にたいする瞑想」で登壇した。長編『私は私を破壊する権利がある』(1996)、小説集『呼出』(1997)、『アランはなぜ』(2001)と『黒い花』(2003)などの作品を発表し、最近も活発な作品活動をくり広げている。

朴商延(박상연, 1972～)
ソウル生まれで、彼の小説『DMZ』は2000年パク・チャヌク(박찬욱)監督により『JSA』という題目で映画化された。JSAはJoint Security Areaの略語で共同警備区域という意味。この映画は2000年9月に開封され583万人の観客を動員した。

1.『ハンバーガーに対する瞑想』(햄버거에 대한 명상)

：チャン・ジョンイル(장정일)

햄버거에 대한 명상

옛날에 나는 금이나 꿈에 대하여 명상했다
아주 단단하거나 투명한 무엇들에 대하여
그러나 나는 이제 물렁물렁한 것들에 대하여도 명상하련다

오늘 내가 해 보일 명상은 햄버거를 만드는 일이다
아무나 손쉽게, 많은 재료를 들이지 않고 간단히 만들 수 있는 명상
그러면서도 맛이 좋고 영양이 듬뿍 든 명상
어쩌자고 우리가 <햄버거를 만들어 먹는 족속> 가운데서
빠질 수 있겠는가?
자, 나와 함께 햄버거에 대한 명상을 행하자
먼저 필요한 재료를 가르쳐 주겠다, 준비물은

햄버거 빵 2
버터 1½ 큰 술
쇠고기 150g
돼지고기 100g
양파 1½
달걀 2
빵가루 2컵

ハンバーガーに対する瞑想

昔わたしは黄金や夢について瞑想した
非常に堅固とか透明とかいうなにかについて
しかしわたしは今どろどろしたものについても瞑想しようと思う

きょうわたしが試みる瞑想はハンバーガーを作ることである
誰でもたやすく、多くの材料を入れることなく簡単に作ることのできる瞑想
にもかかわらず味がよく栄養がたっぷり入った瞑想
どうしてわれわれが「ハンバーガーを作って食べる一族」の中から
外れることができようか？
さあ、わたしとともにハンバーガーに対する瞑想をはじめよう
まず必要な材料を教えよう、準備するものは

ハンバーガーパン　２個
バター　大さじ 1½
牛肉　150 グラム
豚肉　100 グラム
玉ねぎ　1½ 個
卵　２個
パン粉　２カップ

소금 2 작은 술

후춧가루 ¼ 작은 술

상추 4잎

오이 1

마요네즈 소스 약간

브라운 소스 ¼ 컵

(중략)

그런 다음

반쪽 남은 양파는 고리 모양으로

오이는 엇비슷하게 썰고

상추는 깨끗이 씻어놓는데

이런 잔손질마저도

이 명상이 머리 속에서만 이루고 마는 것이 아니라

명상도 하나의 훌륭한 노동임을 보여준다

그 일이 끝나면

빵을 반으로 칼집을 넣어 버터를 바르고

상추를 깔아 마요네즈소스를 바른다. 이때 이 바른다는 행위는

혹시라도 다시 생길지 모르는 잡념이 내부로 틈입하는 것을 막아 준다.

그러므로 버터와 마요네즈를 한꺼번에 처바르는 것이 아니라

약간씩, 스며들도록 바른다

塩　小さじ２
コショウ　小さじ ¼
サンチュ　４枚
キュウリ　１本
マヨネーズ　少々
ブラウンソース ¼ カップ

（中略）

では次
残り半分の玉ねぎは輪切りに
キュウリは斜め切り
サンチュはきれいに洗っておき
このようなこまごました手間すらも
この瞑想が頭の中だけでなされるものでなく
瞑想も一つの立派な労働である事を示してくれる
その仕事が終ったら
パンを半分までさや状にしてバターを塗り
サンチュを敷きマヨネーズを塗る。このときこの塗るという行為は
もしかしてまた生じるかもしれない雑念が隙に乗じて内に入り込む事を防いでくれる
それ故、バターとマヨネーズを一気にむやみに塗るのではなく
少しずつ、しみ込むように塗る

그것이 끝나면
고기를 넣고 브라운소스를 알맞게 끼얹어 양파, 오이를 끼운다
이렇게 해서 명상이 끝난다

이 얼마나 유익한 명상인가
까다롭고 주의사항이 많은 명상 끝에
맛이 좋고 영양 많은 미국식 간식이 만들어졌다

(장정일, 『햄버거에 대한 명상』, 민음사, 1987)

それが終ったら
肉を入れ、ブラウンソースを程よく振りかけ、玉ねぎ、キュウリをはさむ
このようにして瞑想は終る

何と有益な瞑想であろうか
ややこしく注意事項が多い瞑想の末に
おいしく栄養たっぷりのアメリカ式間食が作られた

（訳：野口なごみ）

2.『DMZ』：朴商延(박상연)の小説

“모든 건 바로 그…. 총소리…. 총소리가 문제였어요……. 그 총소리만 나지 않았어도……. 그 총소리가 울려퍼지고 잠시 동안 침묵이 흐를 때 제 머릿 속에 무엇이 지나갔는지 아세요? 비참하게 죽은 이승복의 시체, 판문점 도끼 만행 사건 때 머리 깨져 죽은 미군, 폐허가 된 아웅산, KAL기의 처참한 잔해…. 독침을 갖고 다니는 간첩, 괴물 모양을 한 김일성의 얼굴…. 그런 영상이……내 머릿 속에 이런 영상들을 쑤셔박은 거예요……. 그 총소리가 울리면 그런 영상들은 유령처럼 되살아나고……. 나에게 총을 뽑게 하는 거죠……. 마치 우리 마음 어디엔가 스위치가 있는 것처럼……. 그런 총소리가 울리면 손전등 불빛을 본 마루처럼 미친듯이 서로를 물어뜯도록 되어 있는 거예요….”

그의 울먹임은 전염되고 있었다. 그래….그렇게 되어 있던거다. 아버진 처음부터 정찰조의 <미군이다>라는 한 마디에 미 제국주의에 대한 증오와 미군에 대한 공포가 유령처럼 되살아나 자신의 눈 앞에 있는 혈육을 난자하도록 되어 있던 거였다……마루처럼…. 지금 내 앞에서 울부짖는 김수혁처럼…. 이데올로기의 총소리만 울리면 물어뜯도록 계획되어 있던 거다……그런 자신의 과거를 철저히 부정하고 이름까지 바꾸며 숨어서, 스스로에게 쫓기며 살았던 아버지…. 자신의 과거를 밝히려는 기자가 이연우라고 자신을 부르자 이데올로기에 더렵혀진 오욕의 역사가 역시 유령처럼 되살아났을 것이다. 이연우라는 한 마디가 결국엔 공항에서의 저격 사건으로 이어진 것은 아닐까….

「全てはまさにその…銃声…銃声が問題でした…その銃声が起こらなければ…その銃声が鳴り響き、しばし沈黙が流れたとき、自分の頭の中を何がよぎったかわかりますか。無惨に死んだ李承福の死体、板門店のポプラ事件で頭を割られて死んだアメリカ兵、廃墟になったアウンサン廟、ＫＡＬ機の凄惨な残骸…毒針を持ち歩くスパイ、怪物のような金日成の顔…そんな映像が…わたしの頭の中にこんな映像を打ち込んだのです…その銃声が響くとそんな映像が幽霊のように息を吹き返し…わたしに銃を引き抜かせたのです…まるで心の中のどこかにスイッチがあるかのように…銃声が響くと、懐中電灯の光を受けたマルそのままに狂ったように互いに噛みつくようになったのです…」

彼の泣き声は伝染した。そう…そのようになっていったのだ。父は最初から見張りの「米軍だ」という一言でアメリカ帝国主義に対する憎悪と米軍に対する恐怖が幽霊のようによみがえり、自分の目の前の肉親をめった刺しにしてしまったのであった…マルのように…今わたしの前で泣き叫んでいる金秀赫のように…イデオロギーの銃声が響くだけで噛みつくように計画されていたのだ…そんな自身の過去を徹底的に否定し、名前まで変えて潜み、自分自身からも追い出されながら生きてきた父…自分の過去を明らかにしようとした記者が李衰藕《イヨヌ》と自分を呼ぶや、イデオロギーに汚された汚辱の歴史が又幽霊のようによみがえったのであろう。イヨヌという一言が結局は、空港での狙撃事件につながったのではなかろうか…いまや父は万里の彼方の異域、ジュネーブの、あ

이제 아버지는 이역 만리 제네바의 한 정신병원에서 싸늘하게 시체로 식어버렸다……. 무언가를 머릿속에, 마음 속에 쑤셔박아 놓고 어딘가를 건드리면 터지도록 누가 설계해 놓은 것일까…….

(박상연, 『DMZ』, 민음사, 1997)

る精神病院で冷たく死体になってしまった…なにかを頭の中に、心の中に打ち込んで、どこかに触れると爆発するように誰が設計したのであろうか…

（訳：野口なごみ）

3.『青いリンゴがある国道』(푸른 사과가 있는 국도)
：ペ・スア(배수아)の小説

<인용1>

그날은 권태로 가득 찬 수요일 아침이었다. 비가 온다거나 바람이 부는 날씨가 아니었다. 깊게 우울한 듯한 흐린 날들이 계속되고 있었다. 여고를 갓 졸업한 백화점의 엘리베이터 걸들이 아침의 구내 식당에서 양상추 샐러드를 그릇에 담으면서 끈적끈적해지는 파운데이션과 녹아내리는 마스카라를 불평하고 있었다. 어느 남자가 옆에서 샤넬을 써보라고 권하고 있다. 방수처리된 마스카라는 어때요, 하고 커피와 토스트를 먹고 있던 또 한 명의 남자가 거들었다. 우울한 날은 쇼핑을 더 잘하는 법이야, 누군가가 말하였다. 달리 하고 싶은 일이 없거든. 이건 훌륭한 기분 전환이지. 인도어 골프장에서 흐린 오후를 죽이는 것보다 더 좋아. 이 년동안 별로 변한 것이 없는 풍경이었다. 엘리베이터 걸들의 핑크 재킷에 검은 플리츠 스커트하며 직원들에게 디스카운트해 주는 그녀들의 리리코스 향수 냄새와 낮게 가라앉은 회색빛 하늘조차도 조금도 변한 것이 없는 듯 생각되었다. 크레디트 상담실에 근무하던 나는 출근한 후에 수요일자 조간 신문을 뒤적이고 있다가 커피를 끓여 마시고 옆 사람들의 잡담에 적당히 대꾸해 주고 있었다.

〈引用1〉

その日は倦怠に満ち溢れた水曜日の朝であった。雨が降っているとか、風が吹いている空模様ではなかった。深い憂鬱そうな曇った日が続いていた。女学校を卒業したばかりのデパートのエレベーターガールたちが朝の社内食堂でレタスサラダを皿に盛りながら、べたべたするファンデーションと溶け出るマスカラを愚痴っていた。一人の男が横でシャネルを使ってみたらと勧めている。防水処理のマスカラはどうですか、とコーヒーとトーストを食べていたもう一人の男が口を挟んだ。憂鬱な日はショッピングを楽しむがいいというよ、誰かが言った。とくにしたいことがないなら。これは立派な気分転換になる。屋内ゴルフ場で曇った午後の時間をつぶすよりずっといい。二年間べつに変わることのない風景であった。エレベーターガール用のピンクのジャケットに黒いプリーツスカートをはいて、職員達にディスカウントしてくれる彼女たちのリリコス香水の香りと、低く垂れた灰色の空すらも少しも変わることがないように思えた。クレジット相談室に勤務していたわたしは、出勤した後に水曜日付けの朝刊にざっと目を通し、コーヒーを沸かして飲んで、周りの人たちの雑談に適当に相づちを打っていた。

〈인용2〉

“마지막으로 여행했을 때, 그 때의 푸른 사과 기억나니?”

왜 엉뚱하게 나는 푸른 사과 따위가 생각나는 것일까.

“푸른 사과? 아, 그 맛없는 사과. 지독하게 시고 떫었지.”

“나는 그때 푸른 사과를 팔던 여자들이 기억 나. 초라한 거리였어. 가을 먼지를 잔뜩 뒤집어 쓴 채로 국도를 달려오는 차들만 바라보고 있었어. 거칠게 찬 목도리로 온통 가리고서는.”

“너는 이상해, 언제나 그래. 엉뚱한 얘기를 꺼내서 내 말을 막곤 했었어. 조금도 진지하지 않구나.”

“나는 그때 그런 생각이 들었거든. 그 거리로 찾아가서 푸른 사과를 파는 여자가 될 것 같았어.”

“백화점에서 셔츠를 파는 게 아니고?”

그는 조금 기분이 상한 듯하였다.

“왜 그런가는 나도 몰라. 언젠가는 나도 저렇게 늙고 초라하여져서 먼지 투성이 국도에서 사과를 팔게 되리라는 예감이 들었을 뿐이야. 그것도 형편없는 푸른 사과를. 저녁이 되어 아무도 이 푸른 사과를 사러 오지 않으리라는 예감이 확실해질 때까지. 내가 영원히 가지 못할 먼데로 나 있는 길을 바라보면서 손으로 짠 두꺼운 스카프로 얼굴을 가리고 아주 어두워질 때까지 그렇게 있을 것 같은.”

(배수아, 『푸른 사과가 있는 국도』, 고려원, 1995)

〈引用２〉

「最後に旅行した時、あの未熟な青いリンゴを憶えている?」

私はどうして突拍子も無く青いリンゴなど思い出したのだろうか。

「青いリンゴ? あー、あのまずいリンゴ。とてつもなく酸っぱく渋かった。」

「私はあの時の青いリンゴを売っていた女たちが思い出される。さびれた街だった。秋のほこりをたっぷり引っかぶったままで、国道を走ってくる車だけを眺めていた。雑に巻いたマフラーですっかり覆って。」

「君はかわってる、いつでもそうだ。とっぴな話を持ち出しては、いつも話の腰を折る。不真面目だ。」

「私あの時そんなことを思ったの。あの町に行って青いりんごを売っている女になるような気がしたの。」

「デパートでシャツを売るのでなくて?」

彼は少し気分を悪くしたようだった。

「どうしてなのか私にも分からない。いつかは私もあのように老いてみすぼらしくなり、ほこりっぽい国道でりんごを売るようになるだろうという予感がしただけ。それもとんでもなく未熟な青いりんごを。夕方になり、もう誰もこの青いりんごを買いに来ないだろうという予感が確実になるまで。私が永久に行くことのできない遠いところに通じている道を眺めながら、手編みの分厚いスカーフで顔を覆い、真っ暗闇になるまでじっと立っているような。」

（訳：野口なごみ）

4.『私は私を破壊する権利がある』(나는 나를 파괴할 권리가 있다)：キム・ヨンハ(김영하)の小説

<인용1>

지난 5년간 스피드는 K의 신이었다. 그러나 신은 자비롭지 않았다. 신은 충분한 공물을 바친 자들에게만 자신을 영접할 기회를 제공했다. 신에게 선택된 자들이 트랙을 돌고 있었다. 그들은 수천만원을 들여 차를 개조하고 특수한 타이어를 주문해서 장착한다. 단 1초라도 빨라질 수 있다면 그들은 아무것도 주저하지 않는다. 뒷좌석 의자마저 다 들어낸 것도 당연했다. K는 그들을 이해할 수 있었다. 속도에 필요치 않은 차의 부품들은 단 1kg도 차에 매달려 있지 않았다.

카센터가 쉬는 일요일이면 K는 손님 차를 끌고 여기로 와서 이렇게 차가운 햄버거를 먹으면서 하루를 보내곤 했다. 가끔은 연습이 아닌 실전이 벌어지는 날도 있었다. 몇 대의 차가 전복되는 것을 보며 짜릿한 전율을 느낀 적도 있었다. 뒤집힌 차에서 기어나오는 드라이버들마저 그는 미칠 듯이 부러워했다.

〈引用1〉

過去五年間、スピードはＫの神であった。しかし神は慈悲深くなかった。神は十分な供物を奉げた者たちにだけ自身を迎えもてなす機会を提供した。神に選ばれた者たちがトラックを乗りまわしていた。彼らは数千万ウォンを出して車を改造して、特殊なタイヤを注文し装着する。一秒でも速くなることができるのなら、彼らは何の躊躇もしない。後部座席の椅子まで全て運び出すことも当然であった。Ｋは彼らの気持が理解できた。速度に不必要な車の部品は、ただの１kgも取り付けられていなかった。

カーセンターが休みの日曜日には、Ｋはお客の車に乗ってここに来て、いつもこのように冷たいハンバーガーを食べながら一日を過すのであった。たまには練習でない実践がくり広げられる日もあった。何台かの車が転覆しているのを見ながら、ビリッと戦慄を感じた時もあった。ひっくり返った車から這い出るドライバーすら、彼にはとても羨ましく思えた。

<인용2>

미미는 멋지게 떠났다. 유디트는 편안하게 갔다. 지금 이 순간 절실하게 그녀들이 그립다. 그들의 이야기를 담은 글도 완성되었고 이제 이 글은 그들의 무덤 위에 놓일 아름다운 조화(造花)가 될 것이다. 이 글을 보는 사람들 모두 일생에 한 번쯤은 유디트와 미미처럼 마로니에 공원이나 한적한 길 모퉁이에서 나를 만나게 될 것이다. 나는 아무 예고 없이 다가가 물어볼 것이다. 멀리 왔는데도 아무 것도 변한 게 없지 않느냐고. 또는, 휴식을 원하지 않으냐고. 그때 내 손을 잡고 따라 오라. 그럴 자신이 없는 자들은 절대 뒤돌아보지 말 일이다. 고통스럽고 무료하더라도 그대들 갈 길을 가라. 나는 너무 많은 의뢰인을 원하지는 않는다. 그리고 무엇보다 이제는 내가 쉬고 싶어진다. 내 거실 가득히 피어있는 조화 무더기들처럼 내 인생은 언제나 변함없고 한없이 무료하다.

이제 이 소설을 부치고 나면 나도 이 바빌로니아를 떠날 것이다. 비엔나 여행에서처럼 그 곳에도 미미나 유디트같은 여자가 나를 기다리고 있을까? 왜 멀리 떠나가도 변하는 게 없을까, 인생이란.

(김영하, 『나는 나를 파괴할 권리가 있다』, 문학동네, 1996)

〈引用２〉

ミミはスマートに去っていった。ユジトは安らかに逝った。今この瞬間切実に彼女たちがなつかしく思い出される。彼らの話を載せた文章も完成して、今やこの文章は、彼らの墓の上に置かれる美しい造花になるだろう。この文章を見る人々は皆、一生に一度くらいはユジトとミミのようにマロニエ公園とか、閑静な街角で私に会うだろう。私は何の前触れもなく近づき聞いてみるだろう。遠くまで来たのに何も変りもないのかと。また、休息したくないのかと。その時私の手を握り、ついて来い。その自信が無い者は、絶対後ろを振りかえってはいけない。辛く退屈であっても君たちの進むべき道を進め。私はあまり多くの依頼人を望まない。そして何より今は私が休みたくなった。私の居間いっぱいに咲いている造花の山のように、私の人生はいつも変わりなく限りなく退屈だ。

今この小説を送ってしまったら、私もこのバビロニアを離れるだろう。ウィーン旅行でのように、そこにもミミやユジトのような女が私を待っているだろうか。どうして遠く離れても変わる事がないのか、人生とは。

（訳：野口なごみ）

■1990年代以後の韓国文学作品解説■

革命の挫折と後期資本主義社会の徴候、そして文学の位相変化

1990年代の韓国文学の糸口は、「危機」と「終末」という修辞(rhetoric)となんらかにおいて連結している。時間的に一つの世紀の転換期に臨んでいたという点で、危機と終末意識は、一方では世界全体に澎湃していたが、特に1990年代の韓国文学の生産と消費を担当していた作家と批評家たち、一群の読者が感じ取っていた危機意識は一層切迫したものであった。それは一時的に出版市場が不況を迎えているとか、あるいは、これ以上優秀な新人作家が発掘されない、という問題とは性格の違う危機感であった。これらの危機意識は、文学をとりかこむ根本的な状況変化に起因していたのであったが、言い換えれば、それは今まで韓国社会で文学が遂行してきた機能、あるいは文学が自らの任務だと見なしてきた命題が、もうこれ以上効力を発することができなくなったことによって生じた、非常に根本的な危機感であった。

振り返ってみれば、1970年代と1980年代の韓国文学は、政治的変革を熱望する者たちの社会的「実践(praxis)」という大きな脈絡内の一つの地点として存在していた。すなわち、社会変革という究極的な目標を成就するために、一方に積極的な現実社会運動が存在するなら、もう一方に立っていた文学は、そのような社会運動を牽引すべく韓国社会が抱いている核心的な生の矛盾を再現(representation)し、反映することをその究極的な目標に設定していた。その結果この時期の文学は、いまだ現実の矛盾に目を向けずにいる大衆を啓蒙する教育者として、また時には、これから進むべき道を知らせてくれる先駆者としての役割までも遂行していた。文学者も又、文学に課されたこのような役割を聖なる「使命」として喜んで受け入れてきたという事実がある。

しかし現実社会主義の国家であるソ連(USSR)の崩壊(1991)を前後とし

て状況は変化し始める。いわゆる開発独裁と呼ばれている、跛行的資本主義的な近代の代案を社会主義革命から見い出そうとしていた韓国の社会運動は、革命に対する信念が内部から動揺しはじめていることを徐々に感知していった。もちろんそれだけではなかった。韓国の市民社会は、1992年に至ると、朴正熙の登場以来ほぼ30余年間続いてきた長期間の軍部政権を終息させ、いわゆる文民政府を登場させるが、このような変化は逆説的に、明確な運動目標を設定するにおいて困難を招く結果を生み出す。問題は依然として残っていたが、いわゆる打倒すべき可視的な「敵」が消えたことにより、運動の「戦線」は内部的に分裂し、混乱に陥ったのである。しかも今や“革命が退場した場所を資本主義的文化生産の条件を掌握”しながら1990年代文学は、前例の無い規模の“文化産業と商品美学の激しい挑戦”の中に置かれるようになった。[82)]

実際1987年の労働者たちの大闘争を前後として、韓国の資本主義は新しい局面を迎えたように見える。類例を見ない史上最高のこの好況は、韓国だけでなく、東アジア一帯を覆ったのである。もちろん以後「バブル経済(Bubble economy)」という単語で表現されたことはされたが、日本もやはり当時、前代未聞の不動産及び証券市場好況を迎えており[83)]、韓国はシンガポール、台湾、香港とともに“アジアの四昇龍”という賛辞を受ける程に高度成長の危なっかしい街道を突っ走ることになる。もちろん1980年代文学に頻繁に登場していた労働者たちと、社会変革のために運動していた知識人たちは、現実にずっと存在していたが、しかし1990年代の最新の文学的感受性は、この変化した時代の空気を鋭敏に感じ取って

---

82)「座談―90年代文学をどのように見るべきか　(ファン・ジョンヨン(황종연), チン・ジョンソク(진정석), キン・ドンシク(김동식), イ・グァンホ(이광호)」『90年代文学をどのように見るべきか』, 民音社, 1999, 19頁

83) 高橋乗宣,『奇跡の繁栄はなぜ失われたか；物語・日本経済50年史』, タラグォン, クァク・ヘソン(곽해선)訳, 2002

いた。成長の果実が公平に分配されないことは、90年代においても持続している変わらぬ事実であったが、好況をあらわす浮かれた各種の経済指標の中で、多くの人々は分配の構造的矛盾よりは、「消費」のスペクタクルに次第に魅惑されていったのである。「生産」に取って代わった「消費」が、資本主義の核心美徳になる、いわゆる後期産業社会の徴候が、韓国社会にも、そして韓国文学にも登場しはじめたのである。

“風が吹く日は、アプクジョンドンに行かなくては　リンゴの味　サクランボの味／あらゆる得もいえぬ味、ムーススプレー　ウェラフォームの香り舞い散る街／ウェンディーズの少女達、ブティックの女性達／カフェの上流社会の扉を出る／グッチのハンドバックを持ったダッチ族　オーイェイ、風吹けば露わになる／あのふくよかな太腿たちよ　枯れることの無い煩悩の花たちよ”[84) といい、消費社会が提供するきらびやかな快楽の風景を鋭敏にスケッチしたのは、自らその消費社会の風景の中で育ち、更にその中毒にかかったと告白した詩人ユ・ハ(유하)であった。ユ・ハがとらえたソウル江南のアプクジョンは、ブランドで着飾った女性たちが自らを展示する場所であり、流行(mode)が絶えることなく自己循環するところ、あるいは不動産を所有する成金たちの擬似(pseudo)楽園であることに違いなかったが、しかし詩人ユ・ハはアプクジョンの新しい風景に対して自身が魅惑されていることを決して隠そうとしない。[85)]

詩人ユ・ハがアプクジョンドンで代表される90年代式の韓国の消費文化に対する魅惑と批判のあいだを行き来しながら、後期産業社会に対して軟性の反省を試みたとするなら、より強性の諷刺を試みたのが、詩人であり、小説家であり、シナリオライターでもある全方位文化人チャン・ジョ

84) ユ・ハ,「風の吹く日はアプクジョンドンに行く-6」,『風の吹く日はアプクジョンドンに行く』, 文学と知性社, 1991, 67頁
85) クォン・ソンウ(권성우),「アプクジョンドンのユ・ハ兄に送る手紙」,『ユ・ハ—文学選』, 芸文, 1995

ンイルであった。1987年に出版された“ハンバーガーに対する瞑想”という詩集に載せられた彼の詩は、90年代に入り変貌していった文学の位相をより劇的に誇張し、それをもう少し突き詰めた方式で進行されており、注目に値する。例えば、表題作である「ハンバーガーに対する瞑想」の副題は、「家庭の台所で使えるように作った詩」で、詩あるいはひいては文学に対するこのような式の発想法は、去る7、80年代韓国社会で文学が遂行していた教育者的啓蒙の社会的機能を思い起こしてみれば、実に甚だしい変化を実感させるものであった。実際に彼は、7、80年代の詩ではめったに扱うことがなかった日常的な一回性消費の対象を、たとえばシャンプーとシャンプー広告のようなものを詩の目録の中に大胆に引き入れた。“彼女はきちんとあいさつする、こんにちは／彼女は微笑を浮かべささやく／青い水玉模様のナイトウェアーを着て／彼女は頭を洗ってみせる。虹を載せた／つぶつぶの泡がテレビの画面を完全に／埋める。するとシャンプーの妖精がささやくのだ／新しく出たシャンプー、あなたが決めたシャンプーよ、と／香りが素敵なシャンプー、世界の人が一緒に使うシャンプー／たぶんあなたは愛に溺れるでしょう／…屈指の美容株式会社がある／そして現存する唯一の妖精はシャンプーの妖精だ”[86)]

文学の位相の変化を鋭く諷刺している詩集“ハンバーガーに対する瞑想”は、また湯水のようにお金を使う消費風景の究極的なモデルが、他でもない「アメリカ」であることを非常に直截的な語調で述べてもいる。もちろん、全ての都市の“ソウル化、全ての都市は「最近のソウル化」”[87)]という彼の詩句にも現れているように、韓国社会の流行の標準(standard)を提供するのは、欲望の終結地である首都ソウルであることは明らかである。しかしそのようなソウルが、再び自身の参照の対象としているのは、

86) チャン・ジョンイル,「シャンプーの妖精」,『ハンバーガーに対する瞑想』民音社, 1993, 56頁
87) チャン・ジョンイル,「安東で泣く」同上, 75頁

社会主義の没落を前後として、今や帝国の面貌をあえて隠そうともしない、最高の強大国アメリカである。“腹をすかした若者達よ／英語が出来ない無学な第三世界の若者達よ／エルビスを聞きながら教養を積もう(共に声を合わせ、大きな声で)／ハカハカ　バーニングラブ”[88)]。

ユ・ハ、チャン・ジョンイルなどの詩人たちが、変貌を遂げた90年代の社会風景の中に進入するために、「消費」というテーマを初めて探索し始めたとするなら、消費社会が展示する華やかさが、今やある程度普遍化され、日常化された地点、しかしながら華やかさの表現の底深くながれる転落の恐怖と不安を語る作家として、ペ・スアをあげることができる。彼女は詩人ユ・ハやチャン・ジョンイルの場合のように、消費社会の風景に対して特別に感嘆も嘲弄もせず、今や見慣れた日常としての地位を固めたその風景の中に、ぎいぎい音を立てる亀裂の地点を見せてくれる。引用した場面からも明らかに見て取れるように、ペ・スアの小説に常連として登場する人物たちは、百貨店の契約社員の末端の女性職員、整備工場や注油所でパートアルバイトをしている若い男女であり、現在日本でも社会問題となっている、いわゆるフリーターとして生活をしている者たちである。社会変革を指向する80年代の小説に登場していた労働者達の立場とは勿論違うが、不安定な雇用状況とか、労働の機械的で消耗的な性格と言う観点で見れば、ペ・スア小説の主人公達が置かれている条件もやはり暗鬱であることにおいては同じである。

しかし絶対貧困が尖鋭的に問題視されていないという点で、ペ・スアの小説はやはり80年代と違う問題設定をしており、その結果、登場人物たちは全く違う方式で描写される。例えば、主人公たちは当然のように、消費社会の氾濫する嗜好品とブランドを消費しており、このような都市的表象によって彼女の小説は、非常にモダンなイメージで満ちている。振り

88) チャン・ジョンイル,「エルビスを聞くアメリカ人たち」同上, 133頁

返ってみると、韓国小説で貧富の問題とは、持つものと持たざるもの、恩恵を受けるものとそうでないもの、という明らかな二分法的境界を描いており、この境界は、常に価値論的な境界まで拡張されるのが一般的であった。更に言うなら、“ある一方が犠牲者なら他の一方は厚かましい加害者であり、ある一方が善なら他の一方は悪だと言う設定が自然になされ、又受容”[89]されてきたのである。しかし今や、ペ・スアの小説で、そのような二分法的な貧富の区画、あるいは善悪の価値論的境界は、曖昧模糊になり薄らいでいった。彼女の小説の中で読者が出会うのは、顧客のセイブルに女の子を乗せて市近郊に夜のドライブに出かける整備工の少年、あるいは時おり、“シェラトン ウォーカーヒル ホテルのラウンジにでも行きながら”、結婚は全く考えに無い男友達とともに“ウォッカ サンライズ(vodka sunrise)とウィスキーストレートをかわるがわる”[90]飲んで酔いつぶれる百貨店女性職員の生活である。要するに、豊饒な繁栄と消費のイメージは、不安定な彼らの生活に泡沫のように浮かんでいるのである。

また(引用2)にもよくあらわれているように、1990年代に至り際立つ小説の変化のうちの一つは、まさに日常に対する感覚だといえる。90年代の小説では、日常は変化することなく微動だにしないもの、ただ倦怠に満ちた日々として描写される傾向が次第に濃くなっていく。以前のように、社会変革という究極的な目標地点に向かって一歩一歩近づくという式の叙事においてなら、勿論一日一日の日常は全く違う位相を持つであろう。そのような叙事の中においてなら、日常は今まで自覚することのなかった現実の構造的矛盾に対する開眼が起きうる場所であり、人物たちの漸進的な変化を引き出すことができる力動的な空間でもあった。しかしいまや90年代式叙事では、日常は公的な連結の輪を失ってしまい、ひっそりとした

89) キム・イェリム(김예림),「成長神話顛末期の文学的翻訳」,『文学環境, 文化風景』, 文学と知性社, 2007, 85頁
90) ペ・スア,「青いリンゴがある国道」,『青いリンゴがある国道』, 1995, 144頁

個人的な私的領域に留まる。日々の日常はただ単に、次に来る日の機械的な労働を再生産するために反復的に与えられた時間である。したがってそのような時間が蓄積されることによって迫ってくる未来という時間は、必然的に荒涼で暗鬱になるしかない。“いつかは私もあのように老いてみすぼらしくなり、ほこりっぽい国道でリンゴを売るようになるのだろうという予感がしただけ。それもとんでもなく未熟な青いリンゴを。”ペ・スアの小説の人物たちは低い声で独白する。

しかしペ・スアの小説の新鮮さは何よりもこのような転落の恐怖を伝達する「方式」にこそある。彼女の小説に登場する人物たちの真の特異性は、登場人物たちが暗鬱な未来を積極的に拒否するとか、あるいはもう少し改善しようという式の動線としての動きが全くない、という点である。むしろ彼女の小説に登場する人物たちは、自発的に貧しさを選択し、ひいては健全なブルジョア的な全ての日常からの墜落と断絶を進んで願ってもいる。“巫女になってもいいし、気が狂った乞食になって収容所で死んでもいいし、動物園に閉じ込められた老いた象になってもいいし、死ぬ間際まで鎖に繋がれる一匹の黒い犬でもいい”[91]という叙述から感知できるように、彼女の小説の人物たちは、誰にも歓迎されない最も悲惨な存在、社会の無用の物に自らを同一視する。このように貧困を自ら選択する人物たちの前で、読者たちは、馴れ親しんだ価値体系がぐらつく経験をすることになる。いわば彼女の小説は、平均的な市民の生が追及するさまざまな価値—例えば結婚と家族、安定した職場と経済力、健康と適切な水準の名誉などの馴れ親しんだ価値—を全く馴染みが無いかのようにしてしまうという効果を生み出す。

要するに、ペ・スアが捉えている後期産業社会での貧しさは、以前とは

91) ペ・スア,『赤い手クラブ』, ヘネム, 2000

違い、非常に広範囲で模糊としており、多様な姿で存在する。“貧困は自ら範囲を拡張していき、次第に貧困とは違うものの名前を借用したり、デカダンな仮面を被ったりしながらその姿を変化させている。”と作家は述べている。[92] 今のわれわれの時代の貧困とは、他人との比較から来る相対的剥奪感でもあり、まかり間違えば社会の下層に押し出される、という転落の恐怖と不安感でもある。実際このような状況は、1997年韓国社会を覆った金融危機を迎え、目の前で現実化された。資本主義の回転システムが周期的に随伴すると言う不況という局面において、昨日までネクタイを締めて出勤していたサラリーマンが、一晩で南大門駅周辺のホームレスに転落することが実際に起きたのである。資本主義が全世界を制覇した後期産業社会の風景を捉えたペ・スアの小説で、貧困とは、堂々とした足取りで闊歩する資本主義が最も隠蔽したい異質的な他者の表象に違いはない。したがって彼女の叙事で、貧困の問題は、戦略上しばしば前面化され、また時にはそれ自体で資本主義的日常の価値を転覆する核心的な拠点になりもする。

「歴史」と「民族」、「変革」のような巨大談論が消えた資本主義的日常を営む個人は、しばしば矛盾した感情に捉えられる。生計のために反覆する意味の無い労働に起因する倦怠とともに、彼らは自身がどこに立っているか分からないほどに急激に変化する世の中の速度にめまいを感じて倒れそうになる。倦怠とめまいが共存するこのような90年代式日常の情緒を取り上げたもう一人の新世代を代表する作家として、キム・ヨンハを挙げることができる。引用した作品『わたしはわたしを破壊する権利がある』は、話者として登場する自殺補助業者「わたし」が、自分自身の顧客であって、ついには自殺によって生を終えた女性「ユジト」と「ミミ」の事情を記録する形式を取っている。“どうして遠くに離れても何も変わらな

92) ペ・スア,『日曜日のスキヤキ食堂』, 文学と知性社, 2003

いのか、人生とは”で終る「わたし」の独白は、まさにこの小説の全体を貫通する情調(mood)を圧縮しているともいえる。

『わたしはわたしを破壊する権利がある』で最も際立つのは、日常から脱出したい欲望の多様な様相であるが、作家はこの小説で三個の方式を提示する。毎日の日常と日常的活動を通して形成されるものが、一人の個人の社会的な自我あるいは正体性なら、脱走の欲望は、この社会的自我を忘却するか、あるいは社会的自我の外部に飛び出す、という方式を通して成し遂げられる。自我の亡失、忘却をあらわす英語エクスタシー(extase)は、定まった場所と均衡を意味するラテン語stasisと、外部をあらわす接頭辞exが結合してつくられた合成語でもあるが、キン・ヨンハの小説で、エクスタシーの最初の方法論は、他でもないスピード(speed)への没入である。

> 道路横の木々と街灯の姿は、速度が速まれば速まるほどその形態がぐにゃぐにゃになってしまうようだ。ねばねばした粘液質のように、それらは絡みついたまま後ろに消えていく。ここはどこだろうか。Kは頭を揺り動かした。[93)]

“五年間スピードはKの神であった”は引用文からも分かるように、速度は瞬間的であるが、事物の安定した形態を変形させる強烈な破壊力を持っている。それにより堅固であった事物の形態がぐにゃぐにゃとした粘液質に変わるスピードの絶頂で、“ここはどこだろうか”と尋ねるKは、まさに日常的自我の境界を今まさに離脱している最中であると言える。たとえ瞬間に限定されてはいるが、速度に対するKの執着には、日常の倦怠以外に、一人の個人を押さえつける社会の変化速度を追い越してみよう、という意志も一緒に込められている。資本主義は限りない商品開発と技術革新、変化を動力として動く社会であり—それが真の変化であろうかとい

---

93) キム・ヨンハ,『私は私を破壊する権利がある』, 文学トンネ, 1996, 30頁

う問題はさておいても—この時の変化という概念はいつも速度を伴っている。“資本主義の速度感よりもっと速く疾走”[94]する乗用車の密閉された空間の中でだけKは瞬間の勝利感に思う存分陶酔できる。

キム・ヨンハの小説で日常的自我の境界を取り崩し、エクスタシーを獲得する残り二つの方法はセックスと死である。この中でも特に死は、個体性の究極的な否定形式として扱われている。もちろん、既存の韓国の小説で「死」の問題が扱われないことはないが、注目に値することは、キム・ヨンハの小説では死が非常に唯美主義的ニュアンスを持って扱われている点である。実際に小説の中で、ついに「わたし」の顧客になり、自殺を選ぶ女性の名前は、19世紀末のハプスブルク帝国の首都ウィーンで盛んだった、デカダンな唯美主義の巨匠クリントの絵画「ユジト」から取ってきた名前である。方向性の見当がつかないとか、あるいは自身の意志とは無関係に台無しになった生の反対側には、主体的な意志と決断を通して明晰な意識の力で選択する、数学的美の色彩すら加味された死が置かれているのである。

キム・ヨンハの小説でもう一つの特徴的なものは、小説の至るところで容易く発見できるディレッタント的[95]趣向である。特にこの小説にしばしば登場する西洋の芸術家の名画は、単純な引用の次元を超えて、小説のあらすじの展開に重要な役割を果たしているが、90年代新世代の作家たち以後、このような既存芸術作品に対する借用は一つの支配的な創作傾向でもあった。すなわち、以前ならば、小説創作の最も大きなインスピレーションは、当然テキストの外の実際の経験から来るものであった。しかし90年代以後、個人の経験が均質化されるとともに、今や自らの最も創

94) リュ・ボソン(류보선),「インタビュー—死, その美しくも不吉な誘惑」,『私は私を破壊する権利がある』, 文学トンネ, 171頁

95) ディレッタント(dilettante)とは学問や芸術を楽しむが, 専門的な作業としてでなく一種の道楽として享有する人を意味する。

造的なインスピレーション(inspiration)の源泉が非現実の既存の芸術作品だ、と宣言する小説家たちが出現しはじめたのである。特にキム・ヨンハの小説はその典型的なケースとして、彼の作品は各種の映画と美術、音楽など異質的なジャンルを機敏に行き来しながら、特に同時代の大衆文化の遊戯的形式から多くの滋養分を受け取っている。このような創作方式は、90年代に入り見違えるほど身軽になった韓国の文学の特徴的面貌をよく見せてくれる地点でもある。

では、今や90年代以後の小説から、「歴史」と「民族」のような主題を取り上げる小説は完全に姿を消したのであろうか。勿論そうではない。実際に既成の作家たちは、以前の小説創作スタイルを固守し、90年代式の見慣れぬ小説に馴染まない多くの読者たちが、既存の小説スタイルにはるかに親しみを感じもした。たとえば1980年代の問題作『太白山脈』の著者趙廷来は、1995年もう一つの長編歴史小説『アリラン』を発表し、この小説は商業的にもかなり成功し実績も挙げた。なによりも、1960年代の韓国の小説の政治的想像力の大砲を撃ちあげた作家崔仁勲は、渡米生活とともにそれまで継続していた沈黙を破り、いわゆる脱冷戦を迎えた状況で、『話頭』(1994)という作品を新たに発表した。

1960年の崔仁勲が『広場』で、主人公李明俊を通して南と北の分断問題を本格的に扱ったとするなら、1997年新鋭作家朴商延は、自身の最初の長編小説『DMZ(Demilitarized Zone,非武装地帯)』で崔仁勲の問題意識を変化させながらも、90年代的状況という視点から継承している。[96] 小説は、

96) この映画が開封された時は、金大中大統領の就任以後持続的に推進された北朝鮮に対する融和政策—いわゆる太陽政策—と、2000年6月大統領の平壌訪問直後(6・15宣言)の和解ムードが非常に高まったころである。この後韓国の大衆映画で北朝鮮のスパイ、あるいは韓国戦争当時の人民軍兵士や、北朝鮮の社会相を素材にした映画が活発に製作、開封される。『スパイ、リ・チョルジン』

板門店北側哨所で南側の兵士「金秀赫」により北側の兵士が銃で射殺され、北側はこれを南側の軍による故意的テロとし、南側は北側による拉致事件として、それぞれの立場を違えて解釈する、という事件から始まる。結局、南側と北側の意見の差は狭まらず、中立国監督委員会から派遣された韓国系スイス人のベルサミ中領がこの事件を捜査する過程が推理小説の技法で展開される。ベルサミ中領の父が、捕虜送還当時、南側も北側も選択せず、第三国であるブラジルを選択した人物であったという点でこの小説は、『広場』の問題意識を明白に継承している。

振り返ってみるに、『広場』の最も大きな文学史的成果の一つは、1960年代の市民革命の自由な雰囲気の中で、初めて南、北という体制を客観的に比較することができたという事実に由来するのである。これに比して、朴商延の1997年作『ＤＭＺ』は、次のような問題意識に集中している。すなわち、第二次大戦以前の強大国の植民主義と、1945年以後、アメリカとソ連の冷戦が複合的に作用してつくられた韓半島[97)]の分断体制は、どうして冷戦時代が終息した以後にも依然として持続しているのか。1953年停戦協定以後、50年余りの間分断されたまま、異質的な体制の下に生きてきた二つの国の国民たちは、互いをどれ程理解し、意思疎通ができるであろうか。作家はこれに対する答えとして、二つの体制が50年の歳月の間蓄積してきた“憎悪の学習”過程を提示する。二つの体制はイデオロギー教育をはじめ、もろもろの社会システムを動員して、相手の体制

(1998)、『南男北女』(2003)、『トンマッコルへようこそ』(2005)などはこのような系譜の映画で、特に『トンマッコルへようこそ』は800万人以上の観客が観覧した。90年代以後、北朝鮮を扱う大衆映画は冷戦時代の反共という一貫したコードとは違い、ユーモアと風刺、ヒューマニティの観点から北朝鮮と北朝鮮の住民たちをながめている。

97) 日本では朝鮮半島という名称が、広く使われているが、韓国では韓半島という用語という用語が一般的である。このような用語使用もやはり南と北の体制競争をうかがわせる実例である。

に対する非難と敵意を制度的に産みだし、二つの国の国民たちはこの強要された憎悪を、まるで心理実験の対象になった犬が条件反射を学習するように学習してきたのである。

引用した場面は、まさに身体に刻印されたイデオロギーを再現する部分で、ベルサミ中領の父を苦しめていた畢生の秘密が明らかにされる場面である。朝鮮戦争期間中に、親共捕虜と反共捕虜の間の軋轢と争いが激しかった捕虜収容所内で、中領の父は、思いがけなくも弟を殺さなくてはいけない状況に遭遇する事になる。とても反共捕虜であった弟を殺すことなどできず、自ら命を絶とうとしていた瞬間、聞こえてきた“アメリカ軍だ”という叫び声が、反射的に目の前の弟を切り殺す結果を招く。学習したイデオロギーが危機の瞬間に、その怪力を発揮したのであるが、しかし作家は、朝鮮戦争からほぼ半世紀の歳月が過ぎた現在においてもイデオロギーの身体的記憶が、亡霊のように生きている事を述べている。同時代を生きている同年輩の若者として、真率な友情を積み重ねていた南、北の若い兵士たちが、銃の音一発で、その間の感情的な交流と親近感を忘れ去ったまま、イデオロギーの教示のままに反応するのである。

勿論、学習した憎悪は、自然発生的なものではない、という点で矯正できる性質のものだと認識することもできるが、作家は分断の50年の歳月を通して、憎悪がまるで条件反射的にもう一つの本性になってしまった悲劇的な現実を描いている。世界を騒がした脱冷戦時代の和解ムードの中で、南側の社会に大きく一歩近づいてきた北側という存在、しかしそれにもかかわらず、依然として深い溝を保持している二つの体制の異質性は、どういう方式であれ、未来の「統一」を準備しなくてはならない、南側、北側両方の社会が一旦は認めなくてはいけない基本前提でもある。

（張　世眞）

著者

신명직(申明直)

韓国文学と映像文化を研究している。延世大学大学院で1930年代漫文漫画に関する研究で博士論文を書き、これを『幻想と絶望』(東洋経済新報社、2005年)：原著『모던뽀이 京城을 거닐다』(現実文化研究、2003年)として発行する。最近は韓国をはじめとする東アジアの移住文学と映像に関心を持っている。現在、熊本学園大学東アジア学科准教授として勤務。『在日コリアン、3色の境界を越えて』(2007年)、『不可能な転覆への夢』(2002年)などの著書がある。

장세진(張世眞)

延世大学大学院で韓国現代文学を学び、2006年から２年間熊本学園大学東アジア学科で韓国語特任教員として勤務する。1945年以後、いわゆる‘脱植民’時期の文学と文化現象に関心を持ち「想像されたアメリカと1950年代韓国文学の自己表象」という題目の博士論文を書く。現在は延世大学ＢＫ２１事業団所属ポストドクター研究員である。

권창규(権昶奎)

哲学と文学を学び、延世大学で国文学博士課程を修了。2008年熊本学園大学で非常勤講師として勤務する。詩と戦争、アジアと近代が干渉する地点に関心を持っている。共著に『統合的に哲学すること2』(2007年)、『死よ、わたしを生かせ』(2008年)がある。

訳者

浦川登久恵

早稲田大学第一文学部卒業後、高校教師を経て熊本学園大学大学院国際文化研究科で韓国近代文学を学ぶ。現在、熊本学園大学非常勤講師。

野口なごみ

東北大学文学部大学院修士課程を修了。熊本学園大学で韓国語文学を学ぶ。現在は韓国文学研究会に参加している。

著者

申明直

張世眞

権祀奎

訳者

浦川登久恵

野口なごみ

韓国文学ノート

2008年11月28日　第1刷発行

著　　者　申明直・張世眞・権祀奎
訳　　者　浦川登久恵・野口なごみ
発 行 者　佐藤康夫
発 行 所　白 帝 社
〒171-0014　東京都豊島区池袋2-65-1
電話 03-3986-3271　FAX 03-3986-3272
http://www.hakuteisha.co.jp/
組版　世正企劃　　印刷　平文社　　製本 若林製本所

Printed in Japan 〈検印省略〉6914　　ISBN978-4-89174-949-1